寻找
幸福的天堂

卿英◎著

我为什么来到这个没人愿意待的地方
那是因为在那个安全富裕的地方没有人爱我
即对于我来说那里就是荒漠……

新华出版社

图书在版编目（CIP）数据

寻找幸福的天堂 / 聊英著. —北京：新华出版社，2015.11

ISBN 978-7-5166-2133-2

Ⅰ. ①寻… Ⅱ. ①聊… Ⅲ. ①长篇小说–中国–当代

Ⅳ. ①I257.5

中国版本图书馆 CIP 数据核字（2015）第 269680 号

寻找幸福的天堂

作　　者：聊　英

出　版　人：张百新　　　　　　　　　责任编辑：蒋小云

封面设计：清　风

出版发行：新华出版社

地　　址：北京石景山区京原路 8 号　　邮　　编：100040

网　　址：http://www.xinhuapub.com http://press.xinhuanet.com

经　　销：新华书店

购书热线：010-63077122　　中国新闻书店购书热线：010-63072012

照　　排：银川当代文学学术中心图书编著中心（http://www.csw66.com）

印　　刷：宁夏润丰源印业有限公司

成品尺寸：145mm×210mm 1/32

印　　张：6.2　　　　　　　　　　　字　　数：150 千字

版　　次：2015 年 11 月第 1 版　　　印　　次：2015 年 11 月第 1 次印刷

书　　号：ISBN 978-7-5166-2133-2

定　　价：29.80 元

图书如有印装问题请联系：010-59603199

目 录

"初夏的黄昏正是萤火虫的春天,夜色渐渐苏醒唤醒了又一群新的生命,月光朦胧,若隐若现弯弯的月牙,它走我也走。我的脚步踏过小草们的头顶,惊起一群正在专心舞蹈的小小萤火虫,它们萦绕在我的身旁,对于我的到来,它们似乎更加的欢快了,我低着头专注地望着它们。

"萤火虫,萤火虫,没有烦恼,没有忧愁,在星空下舞蹈……"谁的声音,那么的熟悉,谁的小曲,那么的特别,它在我的记忆中长存,我回首一切都在眼前。

这首属于她的旋律忽然在寂空中飘扬,在夜色中划下一个圈缓缓溜进我的耳朵,淌入我的心头。我紧紧握住胸前那块木牌,蓦然抬头泪水已充满了我的眼眶,回头她在那儿,她和它们一起舞蹈,快乐地跳跃着,转着圈圈,在这满天星空下,宁静的欢乐,没有烦恼,没有忧愁。

这是玛雅最后在她的故事上留下的一段话。她没有再提起他。那个男人像梦一般存在她的脑海里,她小心翼翼地控制住自己对他的所有情感。他有他的天空,他就像那一只在她头顶盘旋,然后最终会离去的鹰。

事无几日,却恍如隔世。玛雅带着她完成了她的梦,现在她得送她回家,那个属于她的地方。它在等她,她生命中存在的人,那只鹰,那口井,那个湖泊,那些街道,那辆老式摩托车,那曾经亲吻她的风,还有那棵椰枣树……

玛雅再次搭上飞往那里的航班,那个有她,有他,有他们,有着需要延续的梦。那个小小的神秘阿拉伯国家。

逃离

人生在放弃与选择,希望与失望中徘徊。回首发现这一切不就是一场又一场的梦吗？开始,结束,重复,开始,结束……

玛雅在这个故事开始之前无数次都想疯狂地逃离当时的生活。某一天,当她眼中的一切都已失去了颜色,犹如死海,只剩下了躯壳的存在,她失望了。是该放弃,还是重新选择,希望,失望,绝望……

玛雅合上了眼,对于过去的一切,她不想再有任何的留念。仓惶脱逃的飞机飞上天空,穿越层层大气和乌云,将要把她带到天空的另一端,处于中东地区的一个战乱中国家,这是一次生与死的选择。

在云雾延绵的天空,玛雅看见、自己坐在飞机里,接着看见一架、架飞机在上空游弋,好像是想降落,但并没有下降。随后她又看见自己站在辽阔的森林里,身边出现了几只像狗一样的生物,它们也像她一样呆呆地歪着脑袋望着天空中盘旋的飞机。突然飞机冲着她所站的方向掉了下来,玛雅站在那里静静地等待着。仿佛飞机是要飞入她的怀抱,她有那样十足的信心,飞机不会砸向她,因为她不想。后来她看见它们掉了下来,在她的身边。于是她的耳边就立刻响起新闻播报，和人们的议论声，"叽叽喳喳"的声音，好像是在说飞机掉下来了，上面没有一个人，只是砸死了几只像狗一样的生物。她依然站在那里，依然那样麻木。心里想着要把这件事告诉谁。这时，突然好像听见有人在对她说话，这时她开始意识到原来是在做梦，她想醒过来，试着回应对她说话的人，可是意识变得很混乱。一会儿好像已经醒过来，一会儿，又似在睡觉。她感觉不太舒服，潜意识地反抗和自我挣扎起来。这种情况以前经常发生，但一般是在感觉无助与恐惧的时候才有。就是人们常说的梦魇。这种自我意识的冲突，通常就像便秘一样让她难受！但还好这次旁边有人可以帮她，因为坐在里面座位的那位朋友应该是体内消化太通畅，在麻烦玛雅让道几次没有回应之后，急得涨红了脸，直接用手去摇动玛雅。直到这时她才被唤醒。玛雅立即起身，往座位外靠了靠，给他让出过道，顺便冲着他笑了笑。也许是想谢谢他的通畅挽救了她的"便秘"。

玛雅躺在旅馆的床上，终于醒了过来，又一次的梦魇，同样的一个梦，第一次是在来这个国家的飞机上。玛雅坐起来，半眯着眼睛，脑袋没有力气地耷拉在脖子上，一头黑发散乱地垂落着，有的甚至遮住了脸颊。玛雅想着为什么要连续做这样没头绪的梦呢？也许就连弗洛依德也没有办法解释。但几乎每次梦后都会让她回忆起小时候经常做的那个梦。梦里自己打着赤脚在拼命地逃跑，后面母亲手里拿着一根竹条一边骂着向自己追过来，可每一次到最后都会被抓住，直到恐惧到尖叫着把自己惊醒。这样的梦持续到成年，直到交了男朋友。想到这儿玛雅停了下来。她告诉自己不应该再回忆任何有关过去的一切，这是对自己决定的一种背叛。在来这个城市的途中，她对这次的重新选择还抱有一点希望与幻想，但当她踏进这个房间，只剩自己一个人之后……

她还是她，一个"牢笼"转移到另一个"牢笼"。她拉上窗帘，关了灯，切断了所有光的来源，把自己埋没在黑暗之中。窗外，这个城市早已迫不及待地想让她更加了解自己，充斥着痛苦，愤怒，挣扎，撕裂的嘈杂声，穿墙而过，锋利如刀，钝戳如锤，乱如麻，声声让人难受。这让她不得不想起某些类似的声音。看似不一样的国家，痛苦的人经历的悲惨各不相同。但，当你把这些排除在一边，仔细聆听她们的声音，却是大致相同的。玛雅想着，这可怜的国家，城市，和可怜的人们是多么的相像。生活在她们身上的人类如果出现了矛盾，相互斗争，她们就会变得不得安宁，而我们呢，当思想出现分歧，我们就会为此痛苦，困惑不堪。但我们的这所有的一切终究会随着生命的结束而消亡。

墙上的时钟"滴答""滴答"，这是让人颓废的声音。这一刻会有多少人想要时间停止。"轰隆！"又一声爆炸！类似状况从凌晨一点到现在上午十点多，已是所能知晓的第四次了！接下来的哭喊声向大家宣告着死神又再一次临幸了谁。不知为何？让玛雅有点烦躁不安，她站起来在房间里来回地走动着，忍不住想要去事发点看看。虽然她还没有决心要走出这个房间，但外面发生的一切就像某种神秘的牵引，让她非去不可！她一旦想到要去这样做，就会感到心里充实起来，像是要去完成某件神圣的事情！她穿上那双墨绿色的军靴，深吸一口气，打开房门走了出去。靴子"叩叩"

地响着,穿过幽暗的,没有窗户的,狭长的走廊。

外面,天空是灰色的,大街上稀稀拉拉的人,几乎个个都伛偻着背,匆匆忙忙又小心翼翼。那种状态就像惊恐之鸟。只有被风吹起来的破烂塑料袋子最为潇洒,它是那么轻,就算它曾经受过不能承受的重量,可它还是不会明白沉重是什么。它无欲无求,一阵清风就可以让它翩翩起舞。玛雅追随着它,心里被感动着。前面就是发生事件的地方,已变成了一堆结果。一排低矮的房子,已被炸空。爆炸后的烟雾和火苗继续向四周蔓延着,只留下那些可怜的人在嚎啕着,四周散落着几节残肢断臂。现在敢在这条街上荡着的,除了她之外,就是那些无家可归的人和一些手里拿着枪的人,有的穿着制服,有的没有。玛雅把视线移向不远处的那些流浪汉和乞丐,但是一旦碰上他们的目光她又刻意避开,她于心不忍。他们大多身体残缺相貌可怕,生活似乎想把世界所有的痛苦和悲伤挤堆在这一张张本是无辜的脸上!

"那是一张张怎样的脸?绝望无奈之中似乎还对生活乞求着希望,难道这就是所谓的命运,一些人摧残着另一些人的命运。他们如蝼蚁般生命被践踏肆虐,我们那些所谓的绝望在此显得多么渺小和可笑?"玛雅想着,内心同时被强大的怜悯和羞愧所充斥着,她仿佛看见自己像一个小丑,穿着好看的戏服,在台上无病呻吟着,而台下却没有一个人。而另一方面她又觉得自己和他们一样,都是被这个世界所抛弃了的人,那些让人渴望的爱,都已远离而去。她想过去轻轻安抚那些伤口,就像安抚自己一样,让自己的眼泪滴在上面,可以像神药一样使那些苦痛的伤口愈合。她可以想象自己是一个慈祥而又伟大的母亲，一双手可以抚慰任何伤口！世界只剩下救赎！想到这里，她抬起了头，挺起胸膛，把眼睛里装满了慈祥和爱怜望向每一个可怜的人。救赎的音符在她的体内奏响了！也许是上天给了她力量！她即将发动一场战争！具体是什么她自己也不知道！

　　曾经有一次她也有过这样的心情。在这种感情下让她突然想起了那一次。逃跑？对，逃跑在她的生命中曾经占据多么重要的位置，逃离家庭，逃离最亲的人，她不明白为什么他们都要想致命的伤害自己。想到这里，她感觉脖子好像又被一只手死死地掐住，他又出现了，玛雅仿佛又成了泄气的皮球，变得软弱无力。刹那间又如回到了那个时候，她不忍再去回忆那段。可她的思绪毫无办法地赤裸裸地让她又一次历经撕裂的疼痛。那双黝黑的粗糙大手，爆着青筋，应该是她极其爱的一双手。可为什么？无数次让她胆颤心寒？想到自己，又让她想到电视节目里看见的那一头可怜的野牛，在被一群凶猛残忍的狮子撕咬着屁股的无助，那是多么难以想象的痛苦，活生生！活生生地被吃掉，是从后面！后面啊！畜生！那是没有防备的脆弱的后面！我宁愿你一口咬断我的喉咙！玛雅那段肮脏极其悲惨的回忆像狰狞的魔鬼，张牙着舞爪地又突袭而来，搅得她心神混乱不堪。憎恨，恐惧的情绪一点一点地迅速地积累。"砰！"一声像火山爆发一样，爆破了！把刚刚筑起的坚强神圣的慈母般的高墙推倒一地！她被这东西拽回到自己的黑暗世界里，完全忘了，刚刚还在疼惜的孩子，外界悲惨的世界已被自我沉溺所遗忘！她又回到了那个绝望、迷茫、不知所措的自己。她麻木地站在那儿，似乎连挪动脚步的力气都已失去了。她仿佛看见那个无耻之徒，扭曲着嘴脸嘲笑着她的无力和软弱！这个魔鬼就算天涯海角都无法摆脱。这时她又想起了死亡，或许只有这死亡才能让她摆脱这水蛭般的缠绕。无法摆脱的过去总是随心所欲地循环放映着：

"白天一丝不挂的，在房间里踱来踱去，而自己却像一种带有生命的玩具，被命令着该怎样，站着还是坐着。是否允许穿衣。就连他上网工作的时候，好像更需要她这样一位玩物。他是赌博公司的头目，每到星期几就需要坐在电脑前关心输赢的数字。"

也许有很多东西不关乎智慧的问题，玛雅宁愿相信命运的造化。暴力对于她来说，是这一辈子都无法逃脱的！她想起了那位有时候很友善的曾经漂亮过的母亲，还有沉默寡言沉溺赌博的父亲。这并不像一家人的家人。如果被相框围起来，那是多么的可笑！母亲微笑着，满脸慈祥，手狠狠掐在女儿的身上，父亲满脸愁容，也许在思索着接下来又该去哪里弄点钱赌博。而自己，她无法想象自己的表情，也许应该有很多个自己吧，有的可以逆来顺受，毫无知觉，有的歇斯底里，奋身抵抗，有的也许是邪恶的想要杀人的小魔鬼……

直到今天，她可以恨，恨他们俩。可是她从未真正恨过！就算她那善变捉摸不定的母亲，时常变着法来虐待她。把她绑起来、吊起来，脚不着地，用满是尖刺的藤条来抽打她；或者用她那长长的指甲撕扯着她稚嫩的脸。这一切的一切，也许当时她是咬牙切齿的。可过后，当她看见母亲那一张因为发泄而扭曲的脸，她便又可怜起她来，就像可怜自己一样。可命运还是让她遗传了母亲悲惨的影子，嫁了一个像父亲一样的混蛋！有时候命运就像养在你体内的毒蛇，死死地扼住你不放。

此时的玛雅沉浸在痛苦的回忆中，像中邪一般，站在大街正中，一动也不动。街边屋顶上的乌鸦不知从何时开始，一直在不安地嚎叫着，街上稀稀拉拉的人刹那间几乎也都消失了，就只剩下一长串紧张的氛围。紧接着传来由远到近的嘈杂声，期间夹杂着零星的枪声，渐渐清晰起来。叫骂声像汹涌的波浪，一起又一起的。听不懂具体在说什么。一群穿着土黄色军装的士兵，拖着一个满身是血的年轻人，朝这边走来。后面紧跟着一辆卡车，车上也挤满了士兵，有些人不时地举着枪向着天空"嘟嘟嘟"地扫射。那枪声似乎也把笼罩在空中的乌云吓跑了。阳光直射下来，照着那辆卡车挡风玻璃上，发出刺眼的光芒，玛雅怔怔地望着，她仿佛看见前面有一扇门，发着白色的光。她想着也许穿过那扇门，一切都会得以解脱。

遇见

　　玛雅盯着那扇"门"，朝他们走过去，一步，一步，模糊的身影和黑压压的枪杆。"嘟嘟嘟嘟！"警示的枪声夹杂着愤怒的呵斥声！那些只能留下的乞丐们着急地对着玛雅叫喊着什么，一边挥动着手臂。玛雅什么都听不见，看不见，她想着就要到达那扇门了。就在这濒危瞬间突然一个黑影朝玛雅扑了过来，闪电般的把她拽倒在街边的墙脚。同时几颗子弹从他们身边呼啸着擦肩而过。随后那些步行的士兵一拥而上，无数把 AK47 瞪着黝黑的独眼对着她们。那黑衣人举起双手，急忙向那些士兵解释着，玛雅这时才回了神，显得有些不知所措，她略为紧张地看着眼前的这些人，慢慢地从地上爬起来，其中一名精瘦，矮小的士兵瞄着她，用枪把黑衣人拨开，后面跟上两位年轻的士兵，用仪器在她们俩身上探测着，其余的人则万分警惕地盯着他们，如临大敌。探测完，其中一人粗野地扯下玛雅的面纱。黑衣人继续向他们解释着。接着扫描的年轻人转身向那个精瘦的人"叽里呱啦"说了些什么。然后那精瘦的人转身做了一个手势，这时大部队才又朝前驶去！黑影目视着那些人离开，玛雅想着刚刚发生的事……

　　过后一切又回归平静。玛雅转头看了看黑影人，想要对她表达一点什么,但又不知道要说什么,嘴角抽动了几下,又安静地闭上。刚刚的那些人已彻底走远消失不见,黑影这才回过头来,玛雅一不小心对上她的目光,于是嘴角又下意识地抽动了一下,似乎心里有话将要脱口而出。她没有忘记那样一双眼睛,虽然在此之前她们只见过一次,在她刚到达这个城市车站的时候。这个女孩总是神出鬼没,那次也一样。

第一次与她的见面,是 2018 年 5 月 20 号玛雅从这个国家的"M"城转来"S"这个小城镇的长途巴士站。当下要去任何一个国家基本都是容易的,只要没有什么不良记录。对于曾经是一位文字工作者的玛雅来说,她喜欢经常思考和探索一些有关人性的问题,偶尔也会有感而发写一些散文和小小说,不过那都是写给自己看的,在近些年她一直都很关注中东问题,战争让她联想到死亡和绝望。以致当她对生活感到绝望时,她想到了这里。

玛雅先搭乘飞机飞到这个国家的"M"城机场,然后再由那儿转去当地的汽车巴士站,准备乘车前往此次出行预备去的"S"城市。到达"M"城的车站时正是中午十二点多,这里炙热的天气,就像高压锅,简直要把人活活烹煮,破旧的面包车是没有任何制冷系统的,从里到外怎么看都是已经报废的车,瞧着随时就要散架。真是辛苦它了,从"M"城刚上车的时候就是满满一车,人就像堆放的物品,只要稍微有一点空间,就可以见缝插针似的往里塞,收钱的是一位肥胖的黑色皮肤的本地中年妇女,说的一口还算可以听懂的本地英语,粗犷的大脸总是堆满着热情的笑,应该算是一个可爱的女人。用与她外形极不相称的动听的声音,一直像收音机似的播放着。站票坐票及其远近的价格都是不一样的。玛雅坐的位置还是她特意让给她的。还有最让人佩服的是,因为人太多,她那么胖的人几乎是一只脚支撑在那站立着。但与她截然相反的是,这一车厢的人并没有因为她而打开沉闷,个个都显得疲惫不堪,心事重重。车上的女人大多数是裹着一块黑色的布,只留出一双眼睛。就算是战争,也没能磨灭人们的好奇心,除了没办法转头的,其余只要是人都转溜着眼睛打量着玛雅。玛雅撇过头,看向窗外,但由于车里难闻的气味实在让她难以忍受,所以最后她只好把脑袋伸出窗外。一只脚掂着地的胖女人看见了赶忙好心提醒她,这样是很危险的,可能一不小心就会碰上飞来的子弹!玛雅听了回过头勉强地笑了笑,还是继续把头伸在窗外。胖女人见了,也不好意思再要多说什么。外面悠悠的风带着数不清的沙尘向着玛雅迎面而来,轻抚着她的脸颊,像当地女人们妖娆的薄纱。摇摇欲睡的人们经过四个多小时的颠簸,终于到了"S"城。车门刚打开,每个人都迫不及待地想以最快的速度冲出去,就因为这样,那一刹那所有人挤在一起,像一个没有爆炸的人肉炸弹一样堵住了车门,被挤到扭曲了的脸和肢体,看起来显得滑稽可笑,玛雅看着他们突然觉得稍许轻松一点。他们是可爱的,好像他们都是她的孩子,在做一连串的淘气小丑的动作。这种想法让她不由自主地笑了。几乎是同时那同样的微笑也出现在了另一个人脸上,就是那个热情的女售票员。她和玛雅一样,温婉、淡然地微笑着。在微笑没有结束之前,女售票员好像得到了谁的示意似的,把视线投向了一边的玛雅,玛雅感受到了她的目光,也望向了她,这好似心意相同的人的某种感应,双方报以会心的一笑,彼此心知肚明。这样玛雅还是头一次,她们好像是某个神委派的使者,从未谋面,却旨意相通。可惜玛雅相信这些善良的信仰,却从未正式膜拜。

说到信仰,如果像平常人们所认为的那样,那每个人只能有一种信仰。可玛雅对于信仰的观点是,在他们之中那些大善大爱的本质,不管是什么教,她都是深信不疑的。她认为所有的信仰他们的本质都是一样的,只是形式不同。就像是一个人,相对于她,可能是,母亲,爱人,女儿,朋友,或者其他。而信仰,他也许在这个地方相对这些人他是上帝,但他也可能相对其他人是其他的神明。对于不同的人,他的形式是变了,但他们的内在是同一本质!玛雅认为虽然她没有完全去了解他的形式,但她相信她已悟到他的一些本质。而有的看似膜拜他的人,也许从未了解他。

人终于快要走光了,"老人车"吐了一口气,可以稍微轻松一下。车上的旅客就只剩下她,她站起来,女售票员朝她走了过来,在她没有防备的情况下给了她一个熊抱。

"小心点。祝你好运!"女售票员看着她真诚地说。

玛雅对着她笑了笑,眨了眨眼睛。她成了她的孩子。玛雅明白某些东西,是无法言语的。

玛雅下了车,她想回头看一眼,实际上她并没有那样做,但她的心替她做了。慈祥的女售票员,就那样注视着玛雅离去的背影。她在想些什么?也许她也在玛雅身上看见了某种与她共有的特质,她也相信她们都是属于某种境界的善的使者,相信那种特质能驱走黑暗。同样的,玛雅本走入了北极,人连同世界都被冰冻了,突然天上掉下一粒火花在她身边燃烧了。她不知道到底可以烧多久,但至少她又记起了它的温暖。

玛雅是不喜欢冬天的,让她想到孤寂、凋零、冷漠。

有个记忆一直顽固地存在她的脑海里。7岁那年的冬天,玛雅忽然不知道害了什么病,不停地拉稀,呕吐,连正常呼吸都感觉困难。恐惧同时也窜入了她的身体和思想里,她害怕极了,没有任何办法排除,于是就一直歇斯底里地啼哭。爱哭的小孩是惹人讨厌的,家里到处是污秽的味道。她的父亲,一个走火入魔的赌徒,经常不归家,家里只剩下她和母亲。医院也没有办法查出什么原因,只是告诉她母亲这孩子肯定活不了两个月。就这样一直持续了一个多月,原本还是漂亮的母亲,因为玛雅,也变得憔悴不堪。渐渐地,母亲变得很暴躁,只要玛雅一哭,她就会大声地对着玛雅叫喊,玛雅因为长时间的呕吐和拉稀,身体无法吸收必需的营养,整个人已经瘦的只剩下皮包骨,所以玛雅基本连起身也显得吃力。每天她都躺在客厅的一张带着薄棉垫的长椅上。在这些日子里,赌鬼父亲回来过一次,记得他回家直接进了卧室,母亲紧随着他,没一会儿,就听见他和母亲吵了起来,接着一阵噼里啪啦的声音和母亲的尖叫嚎啕声。紧接着房门"嘣"的一声,开了,又重重地关上,最后再一次"嘣!"父亲走了!这个时候玛雅通常是不会哭的,只是安静地听着。头脑里想到像一座座山坡一样的弧线。母亲低声地抽泣着,慢慢地没有了声音。玛雅知道还会上一个山坡,她无力地支撑起身子侧着靠在椅子上,两眼死死地盯着那扇房门。门开了,母亲披头散发,满脸淤青,一只眼睛肿得几乎看不见眼珠。母亲吸了一口气，把脸向外一撇，厅内的臭味几乎将她熏倒。接下来她像疯了似的向玛雅冲过来，她一边张开嘴，仿佛要把所有的声音喊出来。一边上前一把，把玛雅拖到地上，大力地摇晃着她，母亲的手抓住玛雅枯瘦的手臂，用力的手背青色的筋都暴露出来，指甲几乎已经嵌入玛雅的皮肤里。玛雅盯着母亲，只见她愤怒地摇着脑袋，咆哮的嘴张得很大很大！透过它看见没有尽头的黑洞！玛雅没有哭，每次她都一样。突然"扑哧"一声，一股带着热气的臭味从下往上冒出，玛雅屏住呼吸，怯弱不安地看着母亲。她突然害怕了，她告诉自己不要怕，这不是真正的妈妈。"你要存心跟我过不去！是吗？"母亲果然更生气了，她的恨越发难以找到出口。母亲奈何不了父亲，奈何不了他！母亲疯了！她拽住玛雅一条胳膊，拉了起来，就像拉起一条死狗一样拖着玛雅，冲进厕所。扑通一声把玛雅扔进了一个装满水的大盆里，稀拉的大便像奶粉一样散开。母亲把玛雅死死按在水里，玛雅的手脚扑腾几下后，再也没有任何力气挣扎，她觉得她不需要呼吸了。玛雅有一种奇怪的感觉，像是马上要到另一个地方了。这感觉甚至让她感到解脱。玛雅哭了，在心里，她知道她恨她，玛雅都很明白。她心疼这个恨她的女人。但她不知道该怎样想，也无法想了，她感觉有一丝新的空气在向她飘来。希望一切痛都可以结束！母亲松开了手，一愣，突然发现了什么，迅速地将她从水里抱出。新空气又没有了，剩下的只有黑暗和寒冷。玛雅游离在一个不着地的地方，没有任何人，像是隔着一面镜子，看见母亲抱着自己在哭泣。一段好长的时间，伴着母亲模糊的叨絮声,玛雅看见自己到了另一个地方,好安详……

离城里不是很远的一个荒弃了的寺庙里。一床被子裹一具快要枯竭的瘦小的躯体,菩萨在看着她。月亮在驱走黑暗,不远处的圆柱下睡着一团黑影。它也许会带来温暖。

玛雅从回忆里走出来,抬头望了望天空,想着这个国家四季都是酷热,如果某一天躯体死去就会化作尘埃,融入大地,变成水蒸气,然后被太阳蒸发,就会变成温暖撒向整个天空,可酷热的地方并不一定温暖。玛雅孤零零地站在那,往四周巡视着,刚刚车站还是一堆人,不一会儿,人和车都已消失得无影无踪,在这正午高阳炙烤下,显得有点诡异,一股无形阴森的凉意把她刚刚意外收获的火苗扑灭了。玛雅想着快点离开这里,她一手拖着箱子一手扶着单肩背着的大麻布包,往车站口的方向慢慢挪动着,行动显得有些吃力,大概是脚下的路凹凸不平的原因。走着走着,忽然眼前一晃,一个人迅速闪过,玛雅望去,却又不见了踪影,只有四周稀稀拉拉几座不完全成形的建筑杂乱塌落着和一辆被抛弃的废旧坦克架。这里曾经爆炸过,也许不只一次,也许几个小时前还发生过什么。被炸裂的钢筋、水泥、砖块以及一些无法分辨的废物夹杂着腐烂的尸体碎片,为成群的苍蝇提供了美好的家园,散发着刺鼻的恶臭。有些还是新鲜出炉的,偶尔还能嗅出一丝烤焦的味道。突然,“轰隆”一声巨响从身后响起,玛雅警觉地转过身,看见一堆墙砖上冒着一团团烟雾似的灰尘,朦朦胧胧,在它们的左边不远处一只大鹰扑腾着翅膀落在一边的残架上。瞧!它的嘴看起来像个钩子一样弯,它也在看着它们,凝重的神色就像个人儿一样。玛雅专注地看着它,她甚至都想蹲下来,当作在等一个一起流浪的同伴。但她的身体实在感到过于疲惫,很想立刻找到一张床躺下来。于是玛雅只好告别这个奇怪有趣的家伙,重新拿好行李,继续赶路。没走出几步,玛雅又停了下来,左肩上沉重的背包让她有些难受,她把它取下换到右肩。在这短暂停歇间她又想起了那只大鹰,于是她转过身去想要再看它一眼,可惜它却已经不见了踪影。"它走了?"玛雅想着回过身拿起行李箱的拉杆,"你好!"就在这时一个声音突然响起,玛雅猛地抬头,一个人立在她眼前,玛雅瞪大着眼睛看着这个不速之客。

"你吓到我了!"玛雅显得不悦地说道。

"对不起,我……我……对不起……"不速之客对玛雅抱歉道。

玛雅看着对方不知所措的样子,心里其实也没有了责怪的意思,她不由得打量起眼前的人儿。这个"吓人"的"家伙"是一个大约十七八岁的女孩,碧绿色的眼珠透露着纯净,甚比喜马拉雅山上的泉水,散发的光芒皆是出于雪山上的太阳。她的个子几乎比玛雅高出半个头,身穿一件白色的小圆领宽松 T 恤衫,一头蜷曲的棕色短发,和皮肤的颜色有些接近。如果不是她无法遮掩的凹凸有致的身材,不认识她的人也许会误为她是个大男孩。玛雅看着她像个孩子做错事等待原谅的样子,心里涌出一丝亲切的感觉,于是她放松了自己紧绷的脸颊温和地说道:"没事,你有事吗?"

女孩觉得已得到了玛雅的原谅,顿时有些害羞地笑了,她回答玛雅说:"我是苏菲·爱德,你叫我苏菲,请问你需要房间吗?我能帮你找到这里最安全洁净的旅馆。"

"你好，苏菲。我是玛雅。嗯，我想我需要，房间的价格多少钱一晚？"玛雅回答她说。

于是女孩苏菲开始详细地向她介绍起来。包括房间的价格，旅馆的环境以及一些其他有关的，说起来一串又一串。玛雅站在那儿似乎在认真地听着，虽然她并没有在乎那么多，但看见苏菲一副认真的样子，她没好意思打断她。也许已经介绍完毕，苏菲突然停了下来，她期待地看着玛雅，玛雅也看着她，其实玛雅都没有怎么去听她说的介绍，只是在不知不觉中被苏菲身上散发的一种特别的东西所吸引住。就这样她们都相互望着对方，过了一会儿，苏菲终于忍不住了，问道："嗨，你是不是觉得它还不够让你满意？"

"哦？哦！不是，它，它很好，就定它吧！"听苏菲那么一叫玛雅才反应过来，她为自己的走神感到一些些的尴尬。

"太好了，谢谢你，我保证你不会失望的。"苏菲看着玛雅的眼睛真诚地说道。

走的时候，苏菲还告诉玛雅她们将去的这个萨德旅馆，在阿拉伯语中"萨德"是希望的意思。她说那里很安全，很多外国人过来都住在那边，旅馆的走廊没有窗户，房间的窗户还设有门，所以都不用担心不小心会在旅馆内被外面的子弹射中。其实苏菲在之前介绍的时候就已稍许地说过一遍了。但只有这一次玛雅在认真听，一边她一不小心打起了哈欠，待她意识到，急忙用手捂住了嘴巴，极力忍住"嗡嗡"作响的疲惫，假装没事地等苏菲把要说的话都一一说完。尽管接着苏菲还告诉她,这边搭乘车很不安全,她们去旅馆则需要先走上一小段路,先到达一个车子修理厂门口,因为旅馆的车正好在那边。玛雅也只好应许,冲着苏菲点了点头,然后强打着精神去拉行李箱的拉杆。

"请让我来吧,我的力气很大呢!"苏菲灵巧地急忙抢着拉住箱子几乎恳求地对玛雅说。

玛雅拗不过苏菲的好意,只好顺应了她,此时空着小手让玛雅感觉稍许地轻松了一点,但她心里的那些迷茫、恐惧、无望的坏蛋们并没有打算放过她,它们在伺机而行。走了大约 200 米左右,玛雅在不经意间发现苏菲居然没有利用行李箱的拉杆,而是靠着力气提着走。

"嗨!等等,你可以用那个。"玛雅说着指了指拉杆。

"这样好。"苏菲傻笑着转过头对玛雅说。

苏菲走得很快,偶尔会偏头看看玛雅,她是怕玛雅没有跟上。就在快要出车站的时候,苏菲突然地停了下来,像是想起了什么大事对玛雅说道:"等等!"玛雅跟着停住脚步,迷惑地望着苏菲。

"你有围巾之类的东西吗?"苏菲问道。

玛雅怔了怔,然后从布包里拿出一条淡紫色的纱巾。苏菲将其取过来打开,让玛雅站到自己面前。玛雅上前一大步,面对着苏菲,这时她已猜到苏菲欲要做什么,她乖乖地站好,微微低着头,眼睛往下看去。苏菲穿了一双系鞋带的土黄色军靴,和自己那双有点像,箱子被她放在她的两腿之间夹着,箱子底部卡在她的双脚之上。

"她这样不累吗？为什么不放在地上？"玛雅心里想着，抬头看着忙碌着的苏菲。她正在像当地女性裹头巾一样，把纱巾戴在玛雅头上，一边长一边短，然后再把长的那边纱巾沿着眼睛以下向另一边围去，只露出一双眼睛。戴好后，苏菲满意地打量着蒙上纱巾的玛雅，然后大功告成一样开心地笑着对她说："好了，你戴上它比我见过的任何小姐都要美，呵呵，在这里女人们都要带上它。"她在说这句话的时候完全没有把自己列入的意思。

看着苏菲，想着自己蒙上纱巾的样子，玛雅也忍不住地撇着小嘴笑了起来，心里突然对这个陌生人产生了一种熟悉的感觉。

"谢谢……"玛雅轻声说。

"不用了！走吧。"苏菲说着，一只手提起箱子，一只手自然地拉了拉玛雅的手腕，就像两个相识许久的老朋友，一起向着前面的路口走去。出了车站路口往左拐，是一条宽敞的大路，往下低斜。玛雅站在大路的坡上，望着前方不禁停下了脚步，顺着它的方向往远处伸张望去，整个沙漠之城几乎全收于眼底，一望无际沙土的颜色，太阳把散落在空中的灰尘照耀得五颜六色。玛雅只能在这里略观一眼，前面已经下坡的苏菲转过身正在等她赶上，玛雅飞奔向前，也许是为了追上苏菲，也许是为了飞向这座城市的怀抱。后面遗留下那处高坡望着她们渐渐远去的、一高一矮的背影，行走在太阳光的波纹中，犹如置身海市蜃楼。

走了大约十几分钟的样子，她们终于来到苏菲说的这个车子修理店外，不远处停了一辆老式桑塔纳轿车。苏菲告诉玛雅她们运气真好，车子还在这儿，这车是酒店老板的，他会愿意载她们过去。玛雅没说什么只是默默地跟着她向车子走去。那边,一个瘦高的大胡子背着枪靠着车后门旁,看着她们过来,坏笑着把大拇指和食指放在口中,吹出响亮的哨声。右方的驾驶坐上还坐着一个男人,嘴里叼着烟,一只手转着收音机的调台频纽,广播里"叽哩哇啦"地用当地语说着什么,因为不停地交替,声音听起来显得嘈杂。苏菲走上前弯着腰,探着头和那个人交流着,玛雅紧跟在后面,想听他们怎么说,但他们用的是当地语言,只是到最后,才听见驾驶座上的人用英文说:"上车。"玛雅猜想这应该是对她说的,虽然他看都没有看她一眼。放好行李,她们两上了后座。车开了,那个人还是继续弄着他那老旧的收音机,一边单手转动着驾驶盘,嘴上的香烟差不多快要燃到烟嘴,烟灰欲掉不掉。他的眼睛认真地望着前方,耳朵在挑选他想要收听的收音节目,嘴巴又要吸烟,鼻子还要呼出烟雾。玛雅在后面从反光镜里偷偷地观察着这个全能的人,像是在耍杂技。黝黑的脸上,五官立体的像雕塑,紧贴头皮的头发像卷曲的小羊毛,浓密的眉毛下有一双深邃冷峻的棕色眼睛,他的鼻子真是完美,玛雅不禁心里感叹道,脸上的胡须刮得非常干净,但还是能看出他的毛发浓密。车子开得很快,在快到一个路口时候,大胡子突然大叫一声:"有人!"玛雅向前望去,只见一个人极度惊慌地朝这边冲了过来,那个驾驶座的人一个急刹车,烟灰掉落,所有人都没有预备地撞向前方!几声枪声响起。"啊!"玛雅大叫一声,那个突然闯来的人在尖叫声中还没等越过车,就已倒下,满身是血。前坐两个男人,说着当地话交流着,显得很气愤,大胡子最初大吼的几个字,应该是骂人的话。开车的男人打开一小半窗户,朝外面吐出烟头,倒下的人就在他们的右前方。往右看打枪的人早已不见。玛雅停下尖叫,死死地望着那个男人倒下的地方。苏菲靠近她轻轻安慰道:"别怕,没事。"玛雅颤抖着,她知道自己尖叫不是因为害怕,而是抗议,抗议被迫逝去的生命。

"他死了吗?也许他还有救!"玛雅深吸一口气说着,欲要开门下车。

"别去,他已经死了,外面太危险。"苏菲拉住玛雅说道。

"如果你下去,说不定下一个就是你!"开车的男人冷淡地说着,玛雅看向驾驶座上方的后视镜,男人没有表情的脸部让她感到他的冷血,似乎死去的只是一只蚂蚁。

"在这儿待久了,你会习惯的。"紧接着开车的男人又补了一句,话语间似乎变得柔和了一些,说完还看了看后视镜里的玛雅。当玛雅的目光触碰到他的眼神,他就立马自然地闪避而开。重新看向前方,他要绕过尸体继续前行。

"坐好。"只听他说完,"轰"一声,车子启动扬长而去。一切似乎又回到原样,人坐在车里,车子踩着四个车轮继续在马路上奔跑。那开车人的眼睛时不时地瞟向左上方的后视镜,也许他想缓和或者安抚一下玛雅刚才的紧张情绪,于是把收音机调到了播放歌曲的频道,一首欢快的阿拉伯歌曲带着极度的兴奋企图把她带到另外一个极端。玛雅歪着身子蜷靠在左边的车门,心里想着刚发生的一幕,双眼带着无奈的忧伤望着窗外路过的风景,高高矮矮破碎的房屋,连接着堆积遍地的垃圾和废墟,偶尔出现的一些步履昂扬的士兵，从一堆堆形态各色的落魄的可怜人中走过，外加那一直跟随的成片激起的灰尘，它们都一一倒退着离去，隔着一半的车窗玻璃渐渐已变得模糊，如同幻影，歪歪扭扭地变幻着。最后在玛雅难以支撑的疲惫和昏沉中逝去，只剩下无力控制的眼皮沉重如石般往下耷拉着。

一边的苏菲笔直坐靠在后垫上，一只手放在玛雅腿边，似乎在想着什么。前面副驾驶的大胡子因为个子太高，只好抠着身体，看起来有些辛苦，他的头顶秃光，左右来回转动着，样子像极了守哨的秃鹫，两只凹凸的眼睛警惕巡视着需要经过的路况。兹！又一个急刹车，昏沉中的玛雅因为车子的惯性瞬间往前倒去，这时，一只手闪电般的抓住了她，玛雅惊醒！

"到了。"苏菲说着下了车。玛雅还没完全反应过来，她呆在那儿，带着一点还没睡醒的混浊。苏菲绕过去帮她打开车门，这会儿她才回过神来。苏菲取了车后厢的行李，玛雅下车来，面对着眼前的房子，五层高的楼刷着土色油漆，在这块能够看见的视线里算是最高的，比起旁边的建筑它算是较新的，门口是一扇很大的钢铁大门，起码有三米多高，它最上面的部分锋利的像矛头。两边围墙的上面还有钢丝网，透过铁门，隐约看见里面有人手持机枪站岗，这一切景象使得这座旅馆亦然像是一座小型的监狱！开车的人走过去，里面持枪的人看见了他，过来把铁门打开。前面的两个男人进了门，玛雅有点犹豫，站在那儿迟疑着，苏菲看见了走过来对她说："别怕，这里很安全，那些人是为了保护旅馆和你们的安全，因为在这种地方，你不会知道什么时候就会有人冲进来朝你开枪！还有，是否需要一个向导？如果有什么需要也许你可以找我。"

苏菲几乎想一口气把所有的话说完，她一边说着，一边拉着玛雅往里走。

"不用了，谢谢。"玛雅有气无力地回答道，顺手拉下包在头上的围巾，因为实在过于闷热。

玛雅跟着他们来到了旅馆大厅，这里面跟一般普通旅馆没什么两样，左边是前台，前台后面靠左靠右各有一扇门，一个很年轻的男孩站在里面。前台的右边有一些简单的桌子和椅子，最里面有一个吧台，吧台里面的柜子上没有摆设任何饮品，这应该就是旅馆的咖啡吧，里面有好几个人在那儿坐着，他们看见苏菲她们进来，都朝这边看过来，其中背对的人好像听旁边的人说了什么，也扭过头来看个究竟。玛雅把护照什么的交给前台，经过商讨，他们给她安排在四楼最里面的一个房间。价格和苏菲说好的一样。少年把护照还给玛雅，还冲着她扭捏地笑着，就像一个害羞的小情人。玛雅面无表情地接过护照。苏菲站在她的后面等待，她想自己得需要跟她交代一点什么，似乎对于这些陌生人来说，她算是她唯一的朋友了，虽然只是刚刚认识。待玛雅转过来，苏菲立马走上前和她说起话来，玛雅站在那儿似乎在认真听着，一言未发，最后她扭过头看了一眼站在不远处一直看着她的那个开车的人。"我知道了，谢谢。"玛雅好不容易挤出今天的最后一个笑容送给苏菲。因为到了旅馆后，她觉得更加疲惫了。这时过来一个类似服务生的中年男人过来帮她搬运行李，他没有穿侍应的服装。玛雅被领着走向电梯，开车的人大步朝她走来，到了她面前对她说道："我是森，这里的老板，有什么需要找我。"说完，没等玛雅反应过来，就已转身离去，朝着苏菲的方向。

能禁锢人的牢笼是看不见的

钥匙不只是用来开门的，到了房间，玛雅立马把自己扔在床上，连灯都没有开，只是任其窗帘像原来一样，露出一小条缝线，跑进一些光亮。躺在床上许久，玛雅感觉身体很重很重，沉重得欲要睡去，却只是迷迷糊糊，似睡非睡，像是入了幻觉中，房间里到处都是人，琐碎的嘈杂声，一个看不清脸的男人慢慢靠近她，伸手去触摸她的手臂，然后游走到肩膀、脖子。玛雅很害怕，但是她却无法动弹，她只能让自己接受它。天地似乎在旋转，玛雅感觉自己在圈圈里面晃着，一个异境的圈圈，里面都是一些飘着的陌生人。还有人进进出出这个房间，她们当玛雅并不存在。玛雅就一直荡在这个幻觉里，一会儿她又感觉自己醒了过来，想去找些水喝，一会儿又似乎还是迷失在幻觉中。就这样墙上的时钟一圈又一圈地不知道绕了多少次，玛雅在混混恶恶的睡梦中突然醒来，睁开眼睛，一束强烈的日光正好照射在她的床上，她慢慢感觉到口干舌燥浑身酸痛，比没睡前身体更显疲惫，饥渴使得她的上下嘴唇几乎要粘连在一起。玛雅支撑着下了床，还没等身体完全站起来，一阵晕眩使她感到恶心，四肢无力，整片黑暗像塌下来的石头向她砸来。两天没有进食的身体已在严厉对她发出警告。玛雅努力支撑着意识,踉跄着到了洗手间,双手抓着洗漱盆的水龙头对着嘴角喝了几小口水,起皮的双唇好似干枯的土地,一点点的雨水入地即干,于是她干脆用嘴对准水龙头的口部,任由流水"咕噜咕噜"地顺着她的喉咙流入体内。"咳咳……呕!"喝着,突然玛雅一阵狂咳,那不是被水呛住的结果,而是来自胃里突如其来的翻腾让她恶心不止!"哇!"的一声,刚喝下的水在胃里捣腾了一遍又全部托盘而出。在此之前玛雅只有在极度悲伤的时候才会如此,吐完之后,玛雅感到意识一下子变得清晰起来。接踵着陌生、迷茫、恐惧一下子全跑了出来,和着身体的虚脱。玛雅突然不知道日子该怎么办,心情刹那间又掉入了消极的悬崖,像是踩在云雾上,落空了。她两手吃力地撑在洗漱盆上,看着镜子中的自己,头发凌乱地散落着,两面的脸颊往里抠陷,脸色惨白的可怕,眼圈就像将要离世的人透着青黑色,玛雅望着镜中的人儿,仿佛那不是自己一般,只是一个可怜的落魄的陌生女人。她闭上眼睛不想再看了,心里想着再爬回床上。也许这个时候床才是她唯一的依靠,她离不开它。

楼下大厅的吧台外,那个开车叫森的男人和吧台的那个服务生在说着话,就在此时,玛雅突然出现在他们的视线中,他们终止了谈话,开车的男人森向玛雅望去。只见她一身白色长裙,紫色围巾像伊斯兰妇女的布卡一样,从头到脚几乎都遮着,只露出一双眼睛,走起路来像是在飘着。

"她在向着我走过来!?"森意识道,心里莫名掠过一丝紧张和不安。

"请问,这里有食物卖吗?"玛雅停在森的面前,对着他旁边的年轻服务生有气无力地问道(因为不知道前台的电话,她才不得不亲自下来)。

"对不起,小姐,我们旅馆不提供……"服务生对着玛雅话还没说完,森上前挡在他的前面急忙介入道:"你想要的我想都可以为你提供。"

"谢谢,任何食物都可以,能帮我送上房间吗？"玛雅说着,晕眩的感觉让她的身体有一点点地摇晃,似乎就要晕倒。

"没问题,你还好吗？我有什么可以帮你吗？"森看出了玛雅的难受说。

"谢谢,没事,406 房。"玛雅说完转身就要离开,意志已经开始起不了太大的用处,晕眩让她太过难受,天旋地转得几乎将要把她撂倒。大豆般的汗珠从她额前滚落下来,她支撑着摇摇晃晃地"飘摇"到房间,急忙把自己瘫倒在床上,她想也许这是好事,没有了力气,除了等待着餐食。

就这样连接好几天她都待在房间,除了吃饭睡觉,大多数时间,她都在写,想到什么写什么。除了这个她不知道到底该做什么。因为绝望,她想到跑来这个国家,没有任何的理由,可来到这里,她还是一样的绝望。甚至在意志薄弱的时候,她幻想过,就在这个房间里,不吃不喝,躺在床上直到死去,没有人认识,没有人在乎。但最后总会跑出一些渴望被救赎的希望,打消她的这个幻想。在这里的每个孤独迷茫的夜里,玛雅喜欢关上电灯,靠在窗边,静静地望着外面悽悽的黑夜,聆听偶尔传来的证明战争存在的枪炮声,伴随着无望,夜以继日过着困兽的日子。那个每天送食物来的年轻服务生是她与外界唯一的联系,来此已经半个多月的时间,除了那一次,她竟然没有勇气再走出这扇房门。虽然这个新的地方,已经没有了那个虐待她的男人和女人,可她还是继续被虐待着,还是继续把自己困在原来的牢笼里。这种施虐与被施虐已经成为一种惯性,只要不被推翻,不管在哪里,这种意识习惯一直都会存在,会在虚无中对被施虐者进行虐待!这是伤害意识的延续。但人总会有一种寻找出路的本能,玛雅就像一个自寻死路的溺水者,在溺水没有断气的时候,寻求死亡是目的,但在过程中本能还是希望有一个人能把她拉出水面。而现在玛雅的希望是,耳边响起的敲门声,这是她唯一允许自己和外界联系的声音,她不在乎敲门的那个人是谁?而是那几下响声,可以让她暂时浮出水面,呼吸一下新的空气。玛雅轻轻地走到门边,侧耳贴在门上,等待"咄咄"的声音想起,她小心翼翼地呼吸着,门外比较安静,偶尔有关门声响起。她看了看墙上的钟,已经 12 点 42 分,以往这个时候餐点早已送来,她本来也可以拨个电话催促他们,但她更希望等待。她预感那个服务生应该就来了,于是她像往常一样走回到离门大概两米的地方,身体笔直地站着,目不转睛地盯着那扇门在心里暗暗数着,1、2、3、4、5、6!"笃笃……笃笃"敲门声响起。"不对,今天的声音与往常不一样,今天是很缓缓的两声,以往是急促的三声。"玛雅想着,接着又敲了两声:"笃笃。"玛雅走过去往里拉开门,眼前像一堵墙一样的宽阔胸膛,扑鼻而来的浓郁古龙味夹杂着餐食的味道,抬头,一张熟悉而又陌生的英俊脸庞,较第一次见面,胡渣似乎更明显了,在下颚两颊以及唇上方。显得有点沧桑,少了第一次见面的不羁,现在毅然是一个成熟沉稳的男人。玛雅突然感到有些不太自在,不知所措,于是就那样傻傻地站着。"我可以推进来吗?"直到门外的人问道。

"好。"玛雅简短地回答道,想故意略过刚刚自己稍许的紧张。

"我是森。"森说。

"哦,我知道。"

森没有再说话,转头对着玛雅笑了一下,玛雅极力使自己镇定,但她还是没能掩饰住心突然要蹦出来的那一刹那的感觉,她的小动作在这时候都跑出来嘲笑她,两只手不知道要怎样放。森把餐点推进来,玛雅故意离他远点,不止是因为他的高大让他有一点压迫的感觉,而是在他面前感觉到了渺小。玛雅把钱递过给他,期待他快点离开,因为她知道接下来他只能离开。森接过钱,没有离开,他向玛雅走近一步,一只大手突然抓住玛雅的小手,另一只手把钱放在她的手上,然后用两只手紧紧地握住她的小手:"今天算我请客,因为让你等了这么久。"

玛雅惊慌地低下头说道:"不,不,不用了。"她不确定自己是想说不要握住她的手,还是想说不用客气请她吃这顿饭。

森盯着玛雅慌张无措的样子,不觉露出他那一口贝壳般白色的牙齿,笑得就像这里的蜜枣一样甜蜜,玛雅一抬头,碰上他的眼神,刹那四目相望,他们的目光就如被一块看不见的磁铁吸引在一起,透过它们有一种欲望在入侵,可以看出他们竭力想要掩饰本能所向对方发射的感应,却又被某种东西所吸引。在动物本能和人的复杂情感交织下,人与人之间的交流和感觉变得千丝万缕，就只是那一刹那，也是那么的难以剖析和神秘。

"这几天服务生太忙，这儿就由我来帮忙，有什么需要，请找我。"最后还是森开口熄了这迸发的火苗，只见森自然地放开玛雅的手，假装一本正经地说着客套话。玛雅傻傻地被他怔在那儿，想着刚才这所发生的一切，仿佛都在他的掌握之中。他就那么从容地，借机握住她的手，看着她，眼神告诉她，他的某种隐藏的欲望，甚至刹那间赤裸裸的像是表白，虽然他并没有对她说什么。接着又游刃有余地抽离，假装刚刚的交流不存在，或者否认。他的这些表现还真"高明"，简直就是掩耳盗铃。而她自己竟是那么的差劲，像个傻瓜一样任凭他说凭他做，还真是听话，还有那么一点不可思议的想法跑来占据她的理智。到底是怎么回事？难道她也许还不够了解自己？也许她心底本来就有某些轻浮的欲望。她不敢再往下想了，也不要再想了，那个森已经走了，门已关了。她都忘了他是怎样离去，关上了门。于是她决定否定刚刚所发生的以及她所有的有关臆想，她要把这件事真实地记录下来。

"今天因为一直送餐的服务生太忙，竟然由酒店老板森代替，他很亲切也很慷慨。因为餐点较往常迟送一点时间，他向我表示道歉，因而免费赠送。"

记录好之后玛雅才感觉一切又回复了正常，继续着往常的作息和情绪。日子又过了一天又一天，玛雅在萨德旅馆住了将近一个月，还是没有什么改变，只是她和外界唯一的联系体换了，变成了好心的酒店老板。而这位叫森的酒店老板果真没辜负她的"记录"，每次的见面未再流露任何别的臆想和情绪，一切变得再正常不过。只是时间久了,人总会厌倦自己某些长时间的情绪,会因为某些新的关联产生一些新的情绪和想法。

救赎

又是新的一天，外面很安静，没有发出任何让人难受的声音，特别到了晚上。但这种意外的平静，更让孤独显得恐慌。在下午的时候她的心里就有一种欲望在蠢蠢欲动，想要走出这扇门。到了晚上变得愈加强烈。她想起了遇见的那位叫苏菲的女孩，她想她是开始厌恶孤独了，她开始渴望一些别的东西，像是友谊或者伙伴之类的。

如果你相信上天，你会知道，他会在你绝望的时候总会给你一点别的希望，如果你用心感受。欲望有时候是代表还有希望。"人们的心灵如果不能爱上他人或者爱上某件事情，它就会生病。心灵不能总是空洞无物。每当旧的爱或恐惧已经散失了控制力的时候，最伟大的问题就是下一步我们要爱什么或者恨什么。"这是欧洲的一位古代哲学家说的。我们的本能会告诉我们将要去做什么。

就在第二天，玛雅第二次遇见苏菲的那天，那个像暴风雨凶猛的恐怖之日，玛雅简单收拾了一下自己，穿着那双墨绿短靴，怀着打破自我的想法，终于拉开了这扇门。走出了自我的那第一道牢门。

当然玛雅不会忘记她,这个叫苏菲的女孩,特别是她的那双纯净的眼睛。玛雅想开口说点什么,可不知为何就是什么都没说出,于是她低下了头站着那儿一动也不动,苏菲看着她,就这样两个人在沉默中耗着。直到苏菲一脚踢飞脚边的一颗小石子。

"你不想活了?这里没人会在意多一具尸体!"苏菲在说这些话时,眼里的忧伤仿佛就要夺眶而出。

玛雅抬起头看向苏菲的眼睛,此时她感觉自己的心是茫然的,她不知道自己到底在做什么,在她走出那一扇门的时候,心里明明是怀着希望的,但为什么不经意地又要绝望地否定自己,她认为那个懦弱愚蠢的自己总是很轻易地就能迷惑她!打败她!面对苏菲,玛雅突然感觉有些羞愧与尴尬,就像脱光了衣服被别人看着,她甚至越想越是觉得无地自容。她在鼓起勇气面对着这个见过一次面的"陌生人",她想她不管怎样,都要谢谢她,这个叫苏菲的女孩。

"一切都会好起来!"苏菲说着,她看着玛雅站在那儿就像一只迷途的羔羊,除此她也不知道还该对她说些什么能够让她感觉好点。说完苏菲点了点头有些不太放心地转身欲要离去。

玛雅看着苏菲的背影,心里觉得愈加的空荡。

"请等等!"在苏菲走出一段距离后,玛雅挣扎着,在强烈的自我纠结中终于开了口。

"我送你回酒店吧!"苏菲回过头,紧跟着回答道。玛雅愣了一下,慢慢地朝苏菲走去。

"谢谢你。"玛雅走到苏菲面前,对她说道。说完玛雅感觉心似乎一下子轻松了些许，她低头看了自己的左手，脸上的表情也跟着柔和了许多。苏菲听了笑着拍了拍她。此刻，两个不同国度，不同年龄的陌生人却是心灵相通的。

　　玛雅在回酒店的时候回头看了看街角的流浪者，她觉得心里又充满了慈爱，像救世的圣母玛利亚，也许每个生命都是来这世间流浪的，在懵懂中寻找，体会。那些人也在看着她，就像她原本是他们其中的人，忽然幸运地被收留者选走，将要得到救赎，他们眼中她是他们对自己的遗憾和少许的希望。他们坚定的怀有希望，在生命还未结束之前，只要脉搏还在跳动，他们是不会放弃任何生的可能，这就是生命最伟大的地方。玛雅此刻终于感悟到某些东西，她从来都没有觉得生命如此美丽。天空中自从太阳高高升起，那阴霾已胆怯地四处逃落。自然中的规律大概就是这样的，一方的强盛必定会压倒一方，当我们遇到一些问题，如果我们不能消灭它，那我们就要学会从另一端去平衡。

　　人类如果身体哪里不舒服，一般都是治哪里，而我们在别的方面上出现了问题，比如说暴力、战争，我们不可能那么单纯而简单地直接去消灭它。这是人类从最初就已存在的问题，我们可不可以去思考，那些制造者是否是因为它的另一面的严重缺乏造成的呢？我们可以有什么办法去强壮它本身的敌人，让它们自己治愈。有时候以暴治暴，只是让它变得更为强大，那是它勾出对手体内的它，然后制造更多暴力！这一切与人类有关的都来源于他们复杂的思想。

　　苏菲带着玛雅沿着马路的边缘走着，每走一步几乎都会激起灰尘和苍蝇的欢呼,但至少天空现在较为幸运,因为人们如果没有借助工具是无法待在它的地方。她们两望着前方,走得有些缓慢。苏菲对玛雅说着自己的故事。此时这条街赐予了她们难得的安宁,两边经过的参差不齐的店铺,它们也都闭着嘴巴。

苏菲告诉玛雅自己从小就在孤儿院长大,没有人知道她的父母是谁,但这样也好,至少她不用像别的一些孩子,从开始懂事就知道自己父母是怎样地死去。在 9 岁以前孤儿院是她的家,但那之后这个城市就变成了她的家。因为孤儿院被炸毁了,在一个当时的政界某人物突然的访问下。苏菲说到这儿的时候沉默了,过了一会儿她突然停下,转过身对着玛雅说道。

"你知道吗?几乎所有人都死了,我当时醒过来,一片都是黑乎乎的被炸毁的残渣,有的地方还在冒着烟和火苗,一大块还在燃烧的架子支撑在我的身体上方,当时我是趴在地上的,我想不起怎么就突然爆炸了,后来当我站起来的时候,我就想到一件事,活下去!"

玛雅听着苏菲的描述,一幅幅现场的画面出现在她的眼前。

"在被炸毁的废墟堆里,角落的一处,一团黑漆漆人形在往空地处艰难地爬着,渐渐离开的废墟架还在冒着浓烟,它仿佛靠着毅力在支撑着最后的战斗!当小黑人费力地挣扎着站起来时,一阵大风猖狂而过,"啪"的一声,折断了它的腰!就在同时,小黑人还未来得及迈开离开的脚步,也就随同保护她的战士相继倒下。当她再次醒来,她躺在一个空荡的小房间里,当时极其安静。只有当她起身的时候,单人的弹簧床才会发出一点"咯兹"的声音。房间像长方形的盒子,里面除了床,在它对面的门上方还有一个小黑盒。她身上漆黑的灰尘已被洗得很洁净,穿的是一件白色的卡其布套衫。她下了床,光着脚丫,打开房门,一条很长的走廊,两边各有无数扇门。她走到就近一扇大一点的房门前推开,里面空荡荡的,就连飞虫都没一只。房间另一面有着另一扇门,她没敢去探视,于是轻轻地退了出来,慢慢地转动锁把,直到门在没有发出任何响声的情况下关上。她望着这像迷宫一样的地方感到有些不知所措,甚至都不敢出声,但又非常想弄清这一切。在真相的驱使下她直接走到了走廊的另一头的最后一间房间口,按下锁柄推门而入,一股消毒水的味道扑面而来。里面是众人卫理室,一排排淋浴和没有门的蹲坑,地面非常干净,两边各有两条流水的沟。进门的对面最远处是洗漱台,一条水泥槽上站着几根水龙头,龙头后是一面洁净的可以泛光的镜子,这里过分的洁净简直让她难以置信。这时干渴得几乎没有了吐沫的嗓子向她发出了苦苦地哀求,于是她走上前,打开水龙头……待她抬起头的时候,镜子里多了一个男人!

玛雅看着眼前的女孩在描述人生所遭遇的抛弃、孤独、贫穷、伤害、死亡,是如此的平静淡然,好像这些事情犹如生活中的跌倒、迟到、丢失钱包一般。玛雅不由得陷入了沉思。

生命的意义也许最基本就是活下去,然后再有可能去延续它,探索其更深,更为广阔的含义,这一切都是无穷无尽的。但不是每个生命在从一开始就是幸运的,有的人连最基本的都无法保证,但是有一点是可以肯定的,每个人只要树立了自己坚定的生命的信心，如果她有一颗慈祥的心，她必定就有可能去帮助一些人可以争取资格延续其生命意义！

这时，玛雅的心中开出了很多的怜爱之花，她想要去关爱、保护这个熟悉的陌生人，一旦她的这种思想给她下达了命令，她就会开始她的表现行动。她开始有意去注意苏菲。此时在无形中玛雅的思想慢慢地起了一些变化，它暂时忽略了本身所造成的一切思想桎梏，转移其自我的意识，把重点从自我，向外关注。

"一个神秘的男人救了你？"玛雅问道。

"也许是救了我……"苏菲低下了头看着自己的脚说道。

玛雅以她敏感的心从苏菲的话中听出了一丝难言之隐，她没有直接说出自己的疑问，只是继续平常地聊着。

"那现在你住在……"玛雅问。

"我？"

"嗯。"

"我……其实有很多住的地方，有时候，我帮萨德旅馆清洁房间，会住在他们的杂物间，有时候会在教堂，湖边，还有别的地方。湖边会很远，但那儿很美，很安静，旁边还有一座小山坡，上面有一大片椰枣树。你知道吗，我最开心的事，是每天都会有洗澡的地方，我怕脏。你知道那湖吗？你肯定不知道，以后或许你想，我可以带你去。"

"听起来挺美的。"玛雅说着露出了一丝微笑。

"你笑起来很美……"苏菲说。

"嗯？你怎么说男人对女人说的话？"玛雅故意玩笑道。

“是吗？”苏菲挺认真地笑着回答道。

“呵呵……是的。”

苏菲听了笑着把脸撇向了另一边，突然莫名感到害羞起了。这时好不容易安静了一会的街面，玛雅还来不及表扬它，忽然不远处又传来一阵枪响。这要是在别的和平国家，估计连蚂蚁都会惊恐地站起来四处张望！或是跑去告诉蟑螂和老鼠。一起去打听到底出了什么可怕的事。可这里人们闭上眼就能猜到出了什么事。

“刚刚那些是什么人？警察？”玛雅问道，她被枪声又带回到了刚刚发生的事件中。

“新政府军的人，他们会把可疑的人抓起来，认为是反叛分子。也有可能抓的是恐怖分子，你知道，这里有几个党派，他们是对立的，还有美国人和其他一些国家也来了，他们帮助新政府军打击其他的武装分子……”苏菲回答说。

“那到底哪派才是好人？”玛雅又问。

“不知道。也许在他们执政前，他们都会说，会为所有人解决问题，可真正掌权了，他们又做了什么了，之前的旧暴政，让所有人都很恐慌痛苦，可后来美国人来了，一些人以为有希望了，现在旧的暴政倒了，新的政权当局，除了死了更多的人，还是没有什么改变，大家还是恐慌痛苦贫穷，战争还在明里暗里继续着。”苏菲说。

“如果有人可以真正为所有人着想，不是为了利益资源，让人们可以抛弃政派，或者其他分歧帮派，大多数人可以团结，就算有少数利益拥护者作乱，那也是可以平定的。也许这样大家才能看到生活和平的希望。"听着苏菲的话玛雅若有所思地说着。

"现在就是所有人跟了不同的人，以为可以为他们争取利益，然后为了所谓可以得到的利益相互对抗。"苏菲说。

"是的，你说得很对，现在几乎是所有人都被那些为己为利的，不怀好意的政党派煽动者给利用了。"玛雅赞同地说。

"森格说，他们都不是好人，魔鬼应该让他们下地狱，他们都为了利益，他们都想自己能够成为它们的主人，那我们呢？我们一生下来就得为此而痛苦，没有人管我们，森格说我们就不应该出生在这里，我们应该早早回去，把那些地狱里的人带回到魔鬼那里去。你懂吗？"

苏菲说完抬头望着天空，好像她看得见天堂在哪里。她眯着眼睛，歪着脑袋，是要确定她所说的，是否真是那样，也许她自己其实是不相信某些东西的。

玛雅看着苏菲，在想她口中的森格是谁？那个救她的神秘男人？听着她所描述的他的意愿，让人有一种悲观的绝望，透露着极其极端的思想。之前她自己也有过一点相同的想法，比如自己就不应该来到这个世界，为什么要一直那么痛苦，还不如早点死去，也许就能解脱！但现在是苏菲让她明白了生命多么重要！所以苏菲应该是不赞同之前那个什么森格所说的观点。

"你知道中国象棋吗？你应该不知道，战争罪魁祸首你知道是谁吗？是那些发起战争的人，那些士兵是他们的棋子，而在现实生活中，我们有些人他们没有办法哄骗成功，所以做不了棋子。他们是下棋人，一切都由他们掌控。我相信在他们心里是没有上帝没有神的，有那也是假的。如果下棋的人是魔鬼，那些被它看中所利用的人就要被带着下地狱了，他们除了自己的野心和想法，是不会在乎任何人的。"玛雅想了想对苏菲说出她心里的一些观点。

苏菲听完停下来看了玛雅一眼，继而又望着前方缓慢地走着，她听懂了，她想也许玛雅说的是对的。

"有时候我很痛恨那些人，他们拿着枪就那样对着别人，子弹飞出来，人那时就变成了牲畜，一些畜牲猎杀另一些牲畜，生命瞬间变得微不足道，我在想他们一出生就是杀人犯吗？不是的，我告诉自己。是某些东西让他们变成那样，我想他们也有家人，他们不会那样对待自己的家人。至少说明他们不是无药可救，但为什么我们就是想不出什么办法可以解决这些，所有人都显得无能为力，所以有的时候我也会消极且极端地认为，森格有些东西在某一方面也许说的是对的，但只能是也许。"

苏菲突然回过头来对着玛雅说着她心中的那些疑问，同时又似乎在自言自语。这是苏菲与她谈话中第二次提起这个叫森格的人，这个未知的陌生人到底是何方神圣？玛雅看着苏菲疑惑着。

"咕噜……哦……"苏菲的胃叫着发出了警告。

"你饿了，去我那，会有一些吃的。一起吧。"玛雅对苏菲说。

"好吧！我不会客气的！走吧，我们可以走得更快一点。"苏菲想了想回答道，伸手一把拉住玛雅，就像认识了很久的老朋友一样。玛雅刚开始一怔，还觉得有些别扭，后来看苏菲一副大大咧咧的样子，像个男孩一样，也就心里没有什么不合适的。

苏菲把玛雅拽在手里,左顾右盼,小心翼翼,玛雅几乎是被她拖着走的。慢慢地给走过的风景只留下一高一矮远去的背影。在背影的后面,有双"鹰"的眼睛一直在监视着她们。它的主人是萨德旅馆的老板。也许他认为他是出去散步,恰巧这个时候该回来了,而途中也恰巧看见了一些东西,如果到了酒店,他认为也是恰巧碰上玛雅。

"嗨!你出去了,我也是……需要买点什么。"

他嬉皮笑脸地按自己的想法说着实话,事实他在玛雅面前似乎不太善于说这样的实话,玛雅看着他,他今天穿了一件深蓝色的 T 恤,也许他故意穿了过小的衣服,所以身板上的肌肉线条过览无遗。他有意识地看了看空空的双手又对玛雅补充道。

"事实上什么都没买到,你如果有什么需要,我想你可以叫上我,或许我也正好需要,或许你要去哪里了解点什么,我都可以,或许你一个人出去应该不是一件好事。"森说着,感到自己好像有一些喝醉的味道,不知道在说什么,却什么都在说。

"谢谢,我会小心的。"玛雅回答森说。她想这个男人是个可爱的人。在她很无助迷茫的这些天,他对她的关照让她心存些许的好感。

"午饭需要点什么吗?"森迅速地调整好自己心跳的频率,绅士地询问着。

"你拿主意吧,只是今天能麻烦多一份吗?谢谢你。"玛雅感激地看着他回答道。

"你有朋友?"森假装自己不知道,惊奇地问道。

"对,是苏菲,她现在是我这里认识的唯一一个朋友。"玛雅显得有些开心地向他分享道。

"哦哦!很好,那我呢?哈哈!请把我也当作你的朋友吧!好吧,你们去吧,一会儿准时把食物给你们送去。"森看了苏菲一眼,回头对玛雅笑着说道。

"当然可以,谢谢。"一扫忧愁的玛雅在好心情的驱使下,毫不吝啬地给了森一个灿烂的微笑。

森看着玛雅开心的样子,也莫名地感到快乐起来。

玛雅愉悦地转过身,向电梯口走去。苏菲待在原地看着玛雅轻快的背影,森朝她走过去,极其随意地停在她的身边,嘴唇靠在她的耳边,微微地均匀地拨动着,平常而又难以掩盖的神秘。他说完后,临走前还轻轻地拍了拍苏菲的背。苏菲愣了愣就急忙朝玛雅大步走去,整个过程她甚至都未看他一眼。急促的脚步声在安静的酒店大堂显得格外清晰。森望着她们离去的背影,脑海里闪现一幕似曾经过的影像。

希望

    钥匙能开启它锁上的门,打开那扇门也许就会进来希望。到了房间,玛雅第一件事就是拉开窗帘,霎那间满满的阳光倾泄而入,玛雅转过身,一不小心被摊开在地的行李箱绊住脚踝,玛雅低头一看,衣服还在凌乱地躺在箱子里。玛雅没有去管它们,走到书桌边,为苏菲倒上一杯凉开水。

    "住得还习惯吗?"苏菲问道。

    "不错,这里的人也都很友善。"玛雅一边说着,一边收拾着散落一桌的手稿。

    "在这里最重要的是要注重安全。"苏菲说着放下杯子,走到玛雅旁边看着她整理。

    "嗯!"玛雅回过头意味深长地朝着她点了点头。

    "你是记者?"苏菲问。

    玛雅冲她摇了摇头。

    "你为什么要来到这里?"苏菲问。

    "你认为呢?"玛雅反问道。

    "我不知道,只是感觉你跟其他来这里的外国人不太一样。他们至少不会冲向枪杆。也许你还有别的什么想法。比如说……放弃生命。我不能完全肯定。"苏菲假装不轻易地带过这个敏感的问题，不知道从哪一刻开始，她们似乎打开了一道界限，霎那间通入到人与人之间心底最信赖最亲近的地方。

玛雅整理好稿件拿起书桌上的香烟，抽出一支叼在嘴上，然后饶有兴趣地转身过来。打火机啪的一声，玛雅深吸一口，烟从她嘴里，像鬼魅一样妖娆地飘了出来。

"要来一支吗？这是我从中国带来的。"玛雅把烟递到苏菲的面前说道。

苏菲笑着摇了摇头，把身体斜靠在桌上静静地看着玛雅吸烟的样子。

"你抽烟和不抽烟的时候是两个样子。"苏菲认真地说道。

"抽烟的样子一定让人失望吧？"玛雅问。

"不会，两种不同的美。"苏菲很认真地说道。

"谢谢，不过你才是我见过最美的。"玛雅看着苏菲的眼睛真诚地说道，苏菲听了微微一笑，有些害羞得红了脸。

"对了，你还没有回答我的问题呢，你为什么一个人来这里？"苏菲突然站直了看着玛雅问道。

"是为了找一个神秘的男人！哈哈哈……你信吗？"玛雅一边说着，一边走到沙发边把烟灰弹落在茶几上的烟缸里。

"你不会想找一个拿着枪对着你的人吧，当然我不想在背后诋毁谁，他们和我一样都是孩子。"苏菲跟着走到玛雅面前非常当真地说道。

"呵呵！你太有趣了，你当真相信？"玛雅学着苏菲的表情对苏菲说。

"我宁愿相信,也许你真的对某个神秘男人有着那么一点好感?!"苏菲紧盯住玛雅的眼睛。

"你肯定?谁?你不会指我对森吧?"说完玛雅就有一点后悔,为什么自己脱口认定会是他。

"还有别人吗,你对着他的眼睛是笑的!"

"啊!我的天!就凭这点你就肯定?可我也对你笑了?"

"我不一样,我是你的朋友,我是女性,而你只对他这一位男性那样的笑!"

"等等,苏菲,这里的女孩不能随便对别的男人笑吗?"

"那倒不是。"

"这就对了苏菲,何况我不是,你懂的。我不当只对森笑了,我对那些友善的人,或者需要爱的人从不吝啬我的微笑。知道吗?女孩?"

"可我就是想告诉你,有的人并不是看起来那么友善!"

"谢谢你,那么替我着想。你知道我对他们只是给了一个笑脸而已。"

"我现在是你的朋友,需要给你一些意见!"苏菲向玛雅直接宣布她的想法,她知道这是一个玩笑,她正好想借用这个玩笑,对玛雅警示一点什么,或许并不一定会有什么真正用途。她希望事情永远是简单美好的。虽然她不知道明天会怎样?

"不过我们好像刚认识不久哦。"玛雅调侃地说。

"朋友不分时间,这是缘分,你不这样认为吗?"

"当然赞同,事实是这样的!"

苏菲歪着脑袋看着说话的玛雅,一边玩着自己的手指,一边脑袋里还在骨碌骨碌地想着一些有可能会发生的事情。

玛雅只顾着说话,手中的烟还没抽完,就已经灭了,玛雅拿着剩下半截烟,往洗手间走去。苏菲坐到沙发上凝望着玛雅的身影一动也不动,她在沉思着什么。

"怎么了? 在想什么呢?"玛雅从那里出来看见苏菲发呆的样子,问道。

"你会很快离开这里吗?"

"不知道,那你呢? 你有想过会离开这里,到另外一个国家去生活吗?"

"想过,不过那对于我来说是不可能的。我想去一个和平的国家,过那里人的生活。有个家,如果可以我想上学,还会有朋友。我可以大摇大摆地到处走走,看看,该吃饭的时候就吃饭,该睡觉的时候睡觉,那样会是多么幸福! 每一天当我睁开眼,不管天气怎样,我都是那么自然地开始新的一天,只要自然地活着,我都无法想象会有多少美好的事物!"苏菲说着,似乎像是在说着一个非常遥远的梦。

玛雅笑着伸手温柔地摸了摸苏菲的头思考道:"到底什么样的生命才是我们需要最佳的。有的人只是需要可以活着,安全地活着,吃饭,睡觉。可有了这些的人则想要得到更多的需求。也许生命中并没有生活最佳状态,因为我们的欲望是个无底洞。但有一样东西我们是一样的,我们都需要爱。我为什么宁愿来到这个没人愿意待的地方，那是因为在那个安全富裕的地方没有人爱我，即对于我来说，其实是没有'安全感'的。"

"也许哪里都是一样，如果有爱就会心安。"玛雅说着在苏菲旁边坐了下来，一条腿盘在沙发上，身子面对着苏菲。

"会一样吗？但，如果你在一个危险的地方，随时可能死去，你哪还有机会去得到爱，去享受爱呢？就算有人爱你，但一想到，也许很快就要失去，感觉会好吗？"苏菲说。

"嗯，如果有爱，我也会害怕死亡和离别。那些不要命的，也许他们很多是爱的荒漠，你懂吗？就像沙漠里没有水。但是！何以成为亡命之徒？"玛雅回答的同时其实也在询问自己。

"没有希望的人，或许他们把希望寄托在了错误的身上。"苏菲脱口而出。

"这是人性，如果有一天，我找到了某种力量，也许那时我也会想要离开这里，我会带上你，如果你愿意的话。"玛雅说。

"我不知道我是否有这个荣幸，不过我会把它当做我的希望，我祈祷你能尽快找到你需要的那种力量。"苏菲说。

"你能告诉我那是一种什么样的力量？也许我可以帮上你。"苏菲继续说道。

"也许是一个人，也许是一个理由，一个寄托，一种爱的救赎！"玛雅若有所思地说着，然后回神望了苏菲一眼。

"我相信你一定会找到！"苏菲像个先知传达旨意一样对玛雅说。

"但愿吧……"

玛雅说着朝书桌走去,她给自己倒了一杯水,顺同拿起苏菲的那杯,一边喝着,一边递给苏菲另一杯水。

"我想问你,你的英文是谁教你的?"玛雅润了嗓子继续说道。

"咳……咳……咳咳咳!是收留我的人……"苏菲一不小心被水呛了喉咙,喝到嘴里的水,飞溅到她的身上以及她身边其他地方,她一边回答着玛雅,一边慌忙地整理着被水溅到地方。

"别急着说话,我以前也有过几次这样,水甚至还呛到了鼻子里,真是太难受了!"玛雅急忙伸手轻轻地拍着苏菲的背,也许她认为这样就可以把那些到处乱窜的水全都赶出来。

"没事……喝得太急……我似乎太渴!"

玛雅盯着苏菲狼狈的样子细细端详着,突然捂着嘴大笑起来。"哈哈哈……哈哈!"

苏菲看了看自己,想想刚刚的样子也跟着她笑了起来,她一边用手抹去还"粘"在她嘴周围的水珠。

"嗨!收留你的那个人,教得还不错嘛,也许我可以教你,一点点中文,如果你愿意的话。"

玛雅疼爱地看着她,本想问那个收留她的人有关的问题,但话到嘴边又改了口,玛雅暗自想到,如果她真想说起,应该会主动说出来。

"真的!当然!我愿意,要是这样,如果有那么一天,我能去中国吗?他们说那里是神秘而美丽的,人们都很善良,都像你一样!"说着,苏菲突然眼睛一亮,装载着无尽的好奇与向往。

玛雅微笑地看着她说:"如果你特别想去一个地方,只要你一直抱着这个想法,命运总会有一天不管用什么样的方式会让你实现的。"

苏菲看似还在听着玛雅的话,事实上她的思绪已经跟着她心里幻想的幸福画面去遨游了。她站起来模拟着到了中国遇见的各种人事……

"你好!漂亮的小姐欢迎你来到中国。"她见到的第一个中国人对她说。

"我可以和你做个朋友吗?"所遇到的同龄的年轻伙伴。

"小姐,需要什么帮助吗?"遇到困难时,大街上热心的陌生人……

玛雅看着她,她一边讲述着那些所能想象的美好事物,一边手舞足蹈着,她从沙发走到洗手间,又从洗手间转到床边。然后一屁股坐在床上看着玛雅说:"在那里你可以带我去森林里吗?要有很多很多种类的树的地方!还有那儿有海吗?我想要去海边,看碧蓝的大海,我还要到海里洗澡,从早晨洗到晚上,吃饭也要在海里,如果可以的话,我还想睡在海上。"

玛雅歪着脑袋不由自主地被她的情绪也带到了一种游离的喜悦之中,以至这种情绪使她暂时忘掉了她的处境。如果可以她宁愿永远沉浸在这些温暖的想象里。

"好好好!但是你一整天都泡在海水里,皮都会掉了,小傻瓜!"

"哦,那倒也是,不过我们可以坐在海边看星星。"苏菲说着倒躺在床上,望着天花板,就好像躺在海边望着天空无数的星辰,一闪一闪亮晶晶。

"你知道吗？玛雅，星星会向你眨眼睛。"苏菲一边望着自己梦中的星星，一边喃喃地说着。

"是吗？它们很可爱！天上的星星，地上的萤火虫。"玛雅和着她说道。

"萤火虫？她是什么东西？像星星一样吗？"苏菲突然坐起来，好奇地看着玛雅说。

"萤火虫，它是土地上的星星，夏天的时候，到了晚上，它们就会飞向空中，一闪一闪的，亮晶晶。只可惜它们的生命只有 24 小时。"玛雅像一个老师一样耐心地说着。

"它们不能再活久一点吗，可怜的家伙，一天竟是它们的一生，生命如此短暂！"苏菲有些难过地说道。

"小傻瓜，这是自然规律，它们在一生仅有的时间里绽放自己最美的光亮。"

"它们长得什么样？"苏菲缠着玛雅给她讲述着萤火虫。

"我想看到萤火虫，玛雅。"

"好，你将会看见它……"玛雅说着站起来，走到书桌边坐下来，拿起一张纸和笔。

"嗯，等你找到你要找的力量，但不知道什么时候才能找到？"苏菲说话的同时思绪慢慢地又回到了低落的现实。

暂时憧憬的幸福最后还是得被带回现实。玛雅不知道该如何回答这个突来的问题。她拿着笔在纸上画着。

苏菲看着玛雅坐在那儿的背影，让她又想起了玛雅在街边走向正在扫射的枪口的样子,突然苏菲心存的那些疑问忍不住想要从她心里窜逃出来。

"玛雅,你为什么……"

"什么也别问,你过来!"还没说完,玛雅就打断了她的话,玛雅知道她要说什么。

"你看……这就是萤火虫。"

玛雅回过头把画好的那张纸拿起来给她看,上面画的是一只在飞的萤火虫,尾巴后面的白色小圈代表它发亮的"灯泡"。

"我说的是真正活着的萤火虫,玛雅,你还没听完我的问题,能告诉我,你为什么要来到这里,你知道在这里,战争、疾病、死亡,世上带给人类所有的痛苦都在这儿!"

此时玛雅的表情发生了一丝变化,她回过头慢慢地放下画纸,不具体地盯着桌面沉默着,她真希望苏菲此时没有再提起它们,虽然她知道多久她依旧还会面对现实,但至少暂时她还可以多一点的时间假装。

"苏菲,哪儿都一样,人各有各的苦。"好一会儿玛雅才吐出这么一句话。

"不管怎样,玛雅,只要活着就会有希望。"苏菲说着走到玛雅的面前看着她的眼睛。

玛雅不想再去讨论这个话题,她低下头拿着笔在纸上不知所谓地画着。

"玛雅,有一天如果你觉得你的心和秘密可以向我打开,你可以对我诉说,我不确定我能帮上什么,但你要知道,我肯定能帮上你,缘分让我遇见你! 他会保佑我,同时也会保佑我爱的人。"苏菲说着,拉住玛雅的手。

"谢谢你,苏菲。你知道,人与人之间的缘分和相识,会让我们慢慢了解对方,但它们有它们的时机。"玛雅抬头抿着嘴对苏菲说,但此时她的表情看起来略显牵强。

"对不起,苏菲,我想去一下洗手间。"玛雅说着站起来快速地跑向洗手间。接着里面传来水流声和她咳嗽和呕吐的声音。

"咚咚! 玛雅! 你还好吗? "苏菲听了急忙跑过去敲着门喊道。

"你别管我! 没事! 我一会儿就出来!"玛雅回答着。

苏菲站在门外静静地等着,里面呕吐声渐渐没有了,水龙头的水还在淅淅地流着。

而此刻在旅馆的另一个地方,那水也在毫不吝啬愉快地急于从水龙头那里逃走,水池边站着一个带着厨师帽,身穿白褂的白胡子的老年男人,他谦恭而慈祥地看着眼前认真忙碌的较为年轻的男人。这里是厨房,那个正忙着洗切煎的男人是森。当他把煎好的最后一块鸡腿肉放入盘中的时候,只见他转过身来对着年长者满足地笑了。

这时玛雅从洗手间里开门出来。

"怎么了? 不舒服吗? "苏菲问。

"没事,也许水喝太多。"其实玛雅知道不是这个原因。

"对不起,刚刚我……"玛雅向苏菲道歉,是因为她认为自己刚才无法控制的情绪化是不礼貌的表现。

"没关系,你这样真让人担心,你明白吗?你确定没事?"苏菲说完不放心地又加问了一句。

"没事。"玛雅似乎已经整理好情绪,她一把拉着苏菲一起来到书桌前,再一次拿起那张画纸把它放在苏菲的手中。

"这,送给你,直到有一天等你看见了真实的它们你再还给我。"苏菲拿着那张纸展开在眼前,那上面已经多了好多只萤火虫,她仿佛看见它们在黑夜来临之际呼朋唤友,一群一群地盘旋在半空中,欢悦,舞蹈,唱着生命最后一首歌……

"谢谢你……玛雅。"苏菲感动地凑过小嘴在玛雅的脸上温柔地点了一下,然后小心翼翼地把画纸折成一个小四角放在裤腰里面的口袋里,那是她自己缝上去的。

玛雅看着她的样子和动作,心里衍生的疼爱就像堵不住的泉水。

"玛雅,我还可以有一个请求吗?"苏菲有些胆怯地试探性地看了玛雅一眼说。

"嗯? 说吧!"玛雅爽快地说。

"你能做我的家人吗? 我知道这样也许有点荒诞?"苏菲不知道自己是不是疯了,越加的放肆,就好像有另外一个她推着她这样去说,只是她自己恰好也不反对。

"嗯……"玛雅没有直接回答她。

"你在犹豫?"

"那是因为我认为这是一件重大而严肃的事,不只是动一动嘴巴,我要问我的心,并且以后我将要对它负责!"玛雅说的时候盯着苏菲的眼睛,并且有一种自豪的虚荣感,因为这时她才觉得在这个小她将近十几岁的孩子面前显得没有那么的幼稚了。

"其实刚刚是我的心它让我这样问你的,虽然我认为不妥。"苏菲笑着,却隐藏着一丝紧张。

"因为也许将来不久我会死去,我希望在我死的时候有一个人能像母亲一样爱我,而我将会永远想念她,我认为那个人就是你。"苏菲似乎有点害怕玛雅会拒绝她,只是她自己也没有意识到,她在说这些话的时候就像一个老人在平静的交代离世后的事宜。

玛雅在心里其实已经答应她了,可听她这么一说,到使她难过起来,感觉有一种悲伤突然闯了过来。不只为她,这世上有无数生命渴望哪怕就那么一点点的爱,一点点。玛雅眨了眨眼,假装看向别处,曾经在她梦中的那幅画面又闪现出来。

蓝天,白云,太阳洒落着奇异的光芒,像是摸不着的七彩的泡泡,一颗颗,在空中飘荡,滚落在小草们的身上。白色裙摆在它们身上轻抚而过,迅速的,遗留的淡淡香味,来不及回味,就已消散。阵阵微风吹过,带着一长串铜铃般的笑声。奔跑的身躯,欢快的,黑色长发随风摇滚,压抑下的释放,尽情地享受着这没有束缚的无际的自由!在一片空旷的草原上,呼吸着大自然的生气,欢愉的灵魂毫无拘束地舞蹈着,带动着身躯美妙的享受着无以言语的生命之美,身边那一位纯洁的少女笑声多么清脆,她是多么喜爱她,甚至超越了自我。她拉着她的手,就像童年的两个孩子,快乐地转着圆圈。这时远处传来呼唤声,"玛雅! 一个男人离得越来越近⋯⋯"

玛雅深吸一口气,苏菲依旧照映在她的眼里。

"我们是一家人！"玛雅握住苏菲的手臂，看着她的眼睛说。

"太好了，玛雅，你真的是神赐予我的指示。"苏菲激动地伸出微微颤抖的双手，对着窗户仰头望着"神的方向"说道。

"从今以后你就是我的妈妈，我的姐姐，可有时候你又有点笨，不会保护自己，所以我又是保护你的爸爸，你的哥哥。"苏菲说完这番话，还略显得意。玛雅可是被她这混乱的逻辑弄得更加的迷糊了。

"你……你……这是什么主意啊？"

"就这样说定了，以后不许反悔，我还要等着姐姐带我去看那个什么虫子！"苏菲说着又调皮地往玛雅脸上噘了一口。

"小傻瓜，那是萤火虫。"玛雅说。

"萤火虫，对，萤火虫这是我们的民族方言。"苏菲把萤火虫用当地的方言说了出来。其实是她自己给它编的，听起来咕噜咕噜的。

"萤火虫，萤火虫，没有烦恼，没有忧愁在星空下舞蹈……"苏菲快乐地哼着萤火虫的小曲，这是她借来别的歌曲的曲子，用她自己编的当地语言一直"咕噜咕噜"地唱着萤火虫在房间里跳着，转着圆圈。玛雅看着她想着："原来快乐是一件这么简单的事。"

"一起来嘛！好听吗？我教你……"苏菲调皮地非得拉着玛雅一起。

"萤火虫，萤火虫，没有烦恼，没有忧愁在星空下舞蹈……"

歌声和欢笑声充斥着整个房间，不知不觉中玛雅又参与了这梦一般的快乐。两个人嬉戏打闹滚成一团。此刻她们是快乐的。在这个小格子里。这里没有国度,没有战争,没有现实,没有残忍和冷漠。只有两个心意相通的善良的人,两个缺乏爱的人给予对方需要的爱。

"哈哈哈哈哈……"

她们的笑声就像沙漠里的一股甘泉,透过层层阻隔流露到窗外的每个角落。

"咚咚!"

可惜门外有人打扰了这暂时的快乐,不确定他有可能在外面已经站了好一会儿了。

"谁?"

"应该是午饭来了。"

"用餐服务。"房外回答道。

"是他?"苏菲心里想着。

"来了。"玛雅不得不暂时收起一些情绪为其打开房门。

"谢谢你。还真有点饿了。"玛雅客气地一边说着,一边打算接过推来的那辆餐车,未等她的手碰上它,森以迅速的动作抢先一步就自行进来了。玛雅虽然愣了一下,但快乐的心情完全掩饰不住,一边的苏菲不知何时表情似乎有些不太自然。森一直都没有看过苏菲一眼,他低着头替她们把食物放到沙发前的茶几上。等他做好这些,玛雅走了过来等着送他出门,而森站在那里并没有要走的意思。

"麻烦你了。"玛雅冲着他开心地笑着,洁白的牙齿都没能藏起来。

"不麻烦,不过你这样笑看起来更美了"。

"是吗?谢谢。嗯……今天他们又没有时间吗?又要麻烦你亲自来。"玛雅此时不知道要说什么,于是随便拉扯着话题,她不知道为何自己会在他面前突然感到尴尬。

"不用客气,我总是很愿意为美丽的女孩服务的。"森说完,看了一眼苏菲,"你们请用餐吧,我不打扰了。"他走的时候,手顺便从玛雅的手臂上滑了一下。

苏菲看着他好像是在对她说:"看,我们也很熟悉。"

门像往常一样被他轻轻地带上。餐食香浓的味道更加刺激了她们的饥饿,使她们暂时放下了别的东西,津津有味地咀嚼着食物,这是"厨师"本人最想看见的画面吧。

"森真是个好人。不是吗?"玛雅在稍稍满足饥饿后开口说道。

"你是个单纯的人,女儿。"苏菲故意装着深沉的样子。

"女儿?!"玛雅惊奇地看着苏菲。

"你忘了,你笨的时候,我就是爸爸,要保护你!"

"苏菲,求你,别这样,你不喜欢森?他不像坏人!你可别忘了,是你带我来这里住的,你那时还说老板人挺好的,不是吗?"

玛雅一边说着一边叉起一块鸡大腿肉放入苏菲的盘中,还故意逗她,朝她眨了眨眼。本来狼吞虎咽的苏菲听玛雅这么一说,急忙咽下塞满一嘴的食物,赶忙反驳她说:"是的,我是那么说过,那是对于你是住客,住在这里,他会保证住客的安全!"

"可我现在也是住客。"玛雅故意说。

"好吧……"苏菲还想继续说点什么,可是已经被玛雅说的无理可驳，她也不好意思再硬扯下去，说不定最后玛雅一定认为她是个奇怪且太过无聊的人，于是她只好停止声带的振动，低下头老老实实地吃着盘中的食物。

苏菲走了，森让她去完成一些什么事情。玛雅坐在电脑前，一手托着腮帮，一手拿着圆珠笔在手里转着圆圈，她的嘴角几乎一直上扬着，荡漾着笑意，她的心里止不住地感到愉悦，她的脑袋里不停地转悠着和苏菲在一起的画面，她感觉到有一种爱悄悄地飞向她的怀抱。如果换作他人，对此产生这样的感情，也许会觉得过于荒诞和夸张，但对于玛雅就是如此珍贵。这是玛雅从小就特别羡慕和期待得到的，在她心里一直装着一个梦想的小秘密，她希望老天爷可以送一个小伙伴给她，她们可以在一起做任何事，永远在一起，那样她就不会再孤独了。在此之前从未有人对她表示如此的友爱，她不明白她们为什么都不太喜欢她，甚至讨厌她，她想也许她们也像她的父母一样认为她是一个扫把星，虽然她自己心里认为这样的谬论绝对是胡扯。想到这里玛雅透过拥有两只翅膀的窗户望向远处，手上拿着的笔，一头被她放在嘴里咬住，发出细微的"咯咯"的响声，附近的知了也在呼应着和声。天空中，云似流水，太阳早已下山了，留下淡淡轻柔的猩红色余光，宛如仙女的薄纱，美妙极了。玛雅不忍地收回目光，专注在笔的划动下沙沙作响的纸张上，灵感忽然拜访，揭开乌云，文思泉涌，生活本是一场戏，玛雅希望这个故事会有个美好的结局。墙上被遗忘的时钟"滴答""滴答"，自个儿在一边无聊地一遍又一遍地绕着圈，写着写着，玛雅经不住瞌睡虫的诱惑，伏在书桌上已经睡去。直到第二天清晨太阳洒下它的第一缕光辉,透过那扇长着翅膀的窗户,落在她清秀的脸颊和乌黑的秀发上,闪烁着金灿的光芒。玛雅睁开了眼,又是新的一天,她没想到自己竟然就那样睡着了,她站起来转过身看了看墙上的时钟,清晨 6 点 25 分。玛雅许久未曾有过一个如此安稳的睡眠,那些曾经无数个夜晚对她缠绕不休的妖魔鬼怪,也都难得一次的大发慈悲。玛雅在镜子前,仔细地端详着里面的女孩,俊俏的脸蛋因为充足的睡眠,整个脸颊都变得饱满剔透,就连那久违的少女的红晕也在不知不觉中不知从哪儿偷偷地跑了出来。今天是一个好日子,玛雅心里想着,她几乎都忘了所处的境地,她开始整理起房间,她不敢相信箱子里的衣物都还像垃圾堆一样散乱地和在一起,茶几上的烟缸也快成了一座小山,鞋子竟然丢的到处都是,一只在房门边,一只则是藏在书桌下面躲猫猫,玛雅一边收拾着,一边想到自己这些天究竟是怎样度过的,面对过往的浑浑噩噩,今天的轻松让她有一种酒醒的感觉。

收拾完房间,玛雅在屋里闲逛了一圈,左看看,右摸摸,对自己的成果很是满意,她走到床边,心满意足地一头躺下,眼睛正好望着天花板,她让自己像苏菲一样,望着神秘莫测的"天空",星光熠熠,无数双眼睛,一闪一闪,亮晶晶。也许是因为人在面对天空时容易放松自我,也许是一早的"运动"惊动了疲惫,玛雅在"漫天星辰"下不知不觉中被请入了梦中,慢慢地,她的小手紧紧地握成拳,沉睡中的容颜不知为何突然眉头紧锁。

"咚咚……"这时外面传来敲门声,睡梦中的玛雅隐约好像听见了响声。

"咚咚……"敲门声还在继续,玛雅迷糊地想着起了床,朝房门走去。

"咚咚……"声音还在继续,玛雅发现自己原来还是睡在床上,于是意识强烈地要求自我苏醒,在一番挣扎后,玛雅认为自己终于醒了过来,于是她下了床,朝房门走去,高兴地伸手拉开房门。一个陌生的像是服务生的人站在门口,玛雅感到非常失望,她不记得他对她说了什么,她关上房门,心情非常失落。

"咚咚……"不一会儿敲门声又再响起,混乱思绪中的玛雅,在梦中的自我意识中翻腾着,最后她再次发现自己还是处于半睡半梦中。玛雅努力地试着再次抗争梦魇,她卯足了所有的脑力,把它们变成一把坚硬的锤,向着梦的禁锢干脆快速地冲去!"嘣!"的一声!玛雅终于醒过来猛地睁开了眼,她眨了眨眼看着天花板,以此确定自己是否真的清醒。

"咚咚咚……咚咚咚!咚咚咚!"

"谁?来了!"敲门声似乎有些着急了,玛雅载着由于睡眠过多而沉重的脑袋,一边答应着,一边坐起来迷迷糊糊地下了床朝房门走去。

"我是服务员!"

玛雅把门开了一条大缝,探出上半身,身上吊带裙的肩带欲要滑落,门外的年轻服务生见状,有些不自在地低垂着眼帘,显得有些紧张。玛雅没有心去在意,她现在的心情是低落的。

"很抱歉,小姐,今天不能为你准备午餐,为此我的老板让我来通知您。"服务生对玛雅说着话,眼睛却一直不敢直视她。

"没关系……"玛雅辛苦地对他挤出一丝礼貌性的微笑。说完，玛雅关上门，心里忽然感到一阵恐慌，她想起昨天的时光，发现它们原来就像一剂定时的药，过了时间，药效过后，一切又回到了原样。一种莫名的空洞又上了她的心头，玛雅很不喜欢脆弱带来的这一系列消极的坏情绪，这让自己变成一个很容易就情绪化的人，单单只是倚靠自己她还是很难战胜他。现在玛雅很懊恼自己昨天为什么没有问苏菲，什么时候可以再见面，因为她不想一个人，就好像此时，她又不知道该做什么，心情无可救药持续恶化。玛雅看了看墙上的时钟是十点三十八，一会儿就要到正中午了。玛雅向窗户边走去，房间的光线很强，亮得有点刺眼，自从昨天苏菲来这拉开窗帘后，就一直没有关上。玛雅站在窗帘的后边，往楼下望去，也许她希望能看见点什么，可除了冰冷的铁门，什么都没有，站岗放哨的也不见踪影，甚至旅馆的外面就连一个流浪汉都没有。玛雅失望地拉上了窗帘。

近些天外面局势还是依旧，消停了对外的战争，城市也并没有因此得以宁静，大小野心的人各自怀揣不安，各个党派明里暗里不停地斗争着，平凡无庸的人们继续遭受着战乱带来的苦果。但这并不影响人们向往平常生活的心，人们还是需要吃喝拉撒，需要感情交流，以往日常必做的一个也没有落下。

而此时苏菲在第一次和玛雅一起坐车的地方，属于萨德旅馆旗下的车子修理店，她倚靠在一张类似收银台的简易木质办公桌上，正前方一个大胡子男人汗流浃背地在修理着一辆破旧的老式摩托车，苏菲非常认真地看着，一边还时不时地悠闲地看看手上戴的一块黑色塑胶电子表。在"收银台"的旁边，摆放着一张双人沙发，上面躺着一个长个子的男人，两手握着几张旧报纸盖在脸上，膝盖以下的小腿吊在沙发椅的另一头。天花板上的吊扇努力地吱呀吱呀地转动着，希望能尽量为下面的人清凉消热，修车的大胡子，从地上爬起来，苏菲离开倚靠的"收银台"往前走了一步看着他，只见他两手拿着工具，手上满是油黑的污渍，然后用一边的臂膀擦了擦脸上多如雨点的汗水对苏菲说："好了，你试试。"

苏菲上前一脚轻松地跨上摩托车，启动发动机，右手握住油门手把轻轻一转，"轰"的一声，似乎惊醒了沙发椅上的人，只见他拉开报纸，歪头看见车子冲出屋外，苏菲双脚踏上踏板上，大胡子跟出屋外，苏菲头也没回地举起手臂对他挥了挥手，接着又是"轰"的一声，车子扬长而去，留下一长串灰黑色的尾气。

"咚咚咚！"房门又响了，玛雅像一条弹性十足弹簧，从沙发上跳起来。

"苏菲?！"玛雅打开门带着惊讶的表情。

"打扰你吗？我能带你去吃当地特色的羊羔肉吗？"

"嗯……好啊！"玛雅本想婉转一点，结果心里的话完全不顾她的想法就蹦出了来。玛雅想本来就是这样的，希望的事情能够实现是让人愉快的。苏菲望着玛雅，心想今天她的心情似乎不错，就像今天的天气一样明朗，玛雅从衣柜里拿出一件长款纯麻西装外套和一条紫色围巾，她穿上外套，然后把围巾裹在头上，最后套上那双她最爱的墨绿色军靴。就这样像是一阵小旋风，一溜烟地跟着苏菲上了摩托车。街上的路坑坑洼洼的，摩托车从上面压过颠簸得厉害,玛雅一只手抱住苏菲,一只手还在极力地护住头上的围巾,以免被过往的风掠了去。玛雅看着一路经过的人、牲畜、车子,想着,这里和世界其他地方又有什么区别? 活着的人们还不是需要照常过着他们的日子。在苏菲载着玛雅绕进一条狭窄小路的时候,忽然一阵风吹来,带来一股香辣的烤肉味,玛雅忍不住地咽着口水,最后摩托车在小路另一头的"U"形转角处停了下来,苏菲带着玛雅左拐,看见一块宽阔的四方水泥晒坪,四周都是小平房,几缕轻烟从她们对面的那间土砖房内徐徐飘出,带来了愈加浓厚的烤肉香味,其余几处平房都是掩闭着大门。

　　来到烤肉店门口, 让玛雅想起以前在网页上浏览到的信息,中东地区的女性不能随便进入公共场合,比如说咖啡店。

　　"我能进吗?"玛雅问。

　　"当然!"苏菲笑着一把拉住玛雅就往里边走。

　　一进门玛雅就看见一个齐耳卷发的大鼻子男人,头戴一顶清真帽,在左边靠窗的地方做着烤肉。他看见她们显得特别的热情,一边手上忙碌着,一边咿咿呀呀地点着头招呼着。苏菲告诉玛雅他是个哑巴,他是在说欢迎她们,请她们稍等。玛雅听了冲着他友善地笑了笑,然后站在烤炉前看着他烤起肉来。用来烤肉的是一架立式的碳烧铁架,被切成的大块肥腴羊羔肉置在烧得滚烫的稀疏铁质滤网上,不断发出"吱吱"的油爆声,那个不会说话的师傅来回把它翻腾着,直到它的外层烤得微微带点金黄的颜色,然后再往上面撒上盐巴、辣椒粉、胡椒粉,还有一点点洋葱沫和茴香粉。最后快要烤好的羊羔肉外酥内软,在炭火的炙烤下冒出一颗颗像雨露一样的油珠,晶莹而透亮。苏菲和玛雅目不转睛地盯着这一块块肥美的烤肉,想象着将要怎样把它们咬在嘴里,然后浓厚香辣的汁水会在牙齿的压榨下喷射而出。

"森?"

"不对,森的头发没有这么长,鼻子也没有那么大,可除了这些,五官其他地方和身材怎么看都像,特别是那种感觉。"玛雅望着那个哑巴师傅疑惑着。

"我们去那边坐下来吧,这里实在太热!"苏菲转过头对玛雅说。

"哦!好!"玛雅有点心不在焉地应着,然后四周开始打量起来,这个小店稀稀拉拉地摆了几张餐位,椅子和墙壁看起来像是刻意清洁过的。苏菲选择了外面靠窗的一个位置,玛雅过去坐在了她的对面。苏菲透过窗口有些朦胧不清的玻璃,向外望去,对面还是那几间破旧的矮房,只是稍微仔细一看,在房子的每个窗口下角隐藏着黑色枪口,于是她赶忙把视线收了回来,看向坐在对面的玛雅,然后不停地和她说着什么。直到烤肉被端了上来,苏菲才稍微停下不知所云的话语,她知道怎么让玛雅不要注意到那些不该注意的东西。

玛雅看着烤肉双眼放着亮光开心得像个孩子。苏菲看着她,然后扫了一眼不远处那位带着笑意的烤肉师傅,思虑到自己是应该为此感到欣慰还是担忧,她和他还有她自己都是她无法预料的,森的命令她不能拒绝,她自己渴望接近爱的心她也无法拒绝。

玛雅看着苏菲的样子心里暗暗高兴,因为炙热的高温把她们的小脸烘得红通通的一片，特别是苏菲，棕色的皮肤在透进来的日光照射下剔透地发亮。

玛雅喜欢看着苏菲吃饭的样子，自从那次一起吃完烤肉之后，每当看见森她都会想起那个烤肉师傅的样子。

"吱吱，很美味不是吗？！"

"你怎么不吃呢？在想什么吗？"

"没有，在看你吃饭很香的样子。"玛雅抿着嘴笑着。

"是吗？！你的眼睛告诉了我某些东西哟。"

"快吃饭吧，小家伙，不然我把肉全挑了吃掉。"玛雅夹了一块肉放在碟中，低下头假装要把它吃掉。

"哼哼，不敢看我的眼睛……"苏菲在心里咕哝着。

"玛雅，是不是所有女人都会喜欢像森这样的男人！"

"我不是所有女人……"玛雅抬头看了苏菲一眼。

"我知道的就有好几个，不过在我们这里，男人允许拥有很多妻子。"

"喔喔……对于女人来说这不是什么好事。"

"是啊，你可千万不要爱上这里的男人，在你不敢保证他只会爱你一个人！"

"那你呢？"

"我……不知道，我能给自己做主吗？"苏菲顿时羞红了。

"当然可以，爱情都是自己的事，但是，谁又知道呢？以后的事……"玛雅在说这句话的时候，她自己也不能确定里面包含的是自己这些年来的人生，还是那个曾经的父母的人生。

苏菲望着玛雅,似乎她又懂了她话中的含意,其实她是懵懂的。但玛雅的话忽然好像一把万能的钥匙,把她记忆里思绪有关的每道门都打开了,现在她感觉自己的脑袋里就像一个菜市场。第一次和森见面的情景历历在目。她抬起头从镜子里看见的那个陌生的男人,苏菲认为那是一次"遇见",就是那次"遇见"改变了她的命运,她不知道应不应该用好与坏去评价它,因为在那之前她也没好过,也不怕有更坏的。她想了这么多,就是为了去考虑玛雅和他的遇见的事情,她甚至有些懊悔自己为什么会遇上玛雅,因为自己才有了玛雅和他的遇见,她们的遇见会有多糟糕的事情发生,她不想他把不幸带给玛雅,再怎么说玛雅的从前肯定会比现在和遇见他以后要好的。苏菲一边想着,手中的餐叉在碟中捣腾着。

"怎么了?"玛雅看着苏菲心不在焉的样子问。

"你回去吧!玛雅!离开这里!"

"你怎么了?"

"这里很危险!"

"这我知道。"

"我想说的是,也许你在这认识的某个温和友好的人,他也许就是一个让所有人害怕的残忍的人!"

苏菲感觉自己在说话的时候心几乎就要从身体里面蹦出来,她想一张口把所有的秘密都吐出来,但当玛雅慈祥温柔地望着她的时候,那些话都已跑得无影无踪。

"你想说什么?苏菲,放松,不用你替我担心,我很好,没有什么可害怕的。"

"我……你……你可以答应我一件事吗？一定要离他远一点，好吗？玛雅。"

玛雅不太明白为什么苏菲说到森忽然严肃的态度，她略微猜测着，并没有过多地在意。她站起来朝苏菲走过去然后关心地摸了摸她的头。

苏菲抬头期望地看着玛雅，伸手紧紧地抓住玛雅那只手。

这一幕让玛雅想起了母亲最后一次离开家的情形。

在玛雅 12 岁的时候，也是像这样坐在椅子上，不同的是，除了双手，身体和腿都是被绑在椅子上的。母亲也是站在她的身边那样温柔地用手抚摸着她的头，她紧紧抓住母亲的手。母亲对她说："玛雅，记住，以后遇到像你父亲一样的男人一定要离他远点。妈妈走了……

"你不要走，你要去哪里？不要扔下我！妈妈！"

玛雅记得很清楚，那一次像以往一样，母亲又被赌鬼父亲打得鼻青脸肿，她拼命地惨叫，父亲扔掉手中的凶器，一个相框，上面是他们曾经恋爱时所拍的照片，他大声地对着母亲咆哮着，一个字一个字，就像炸弹砸下："你听着！求你给我滚！你怎么就这么贱?!看你那样子，有多倒霉就有多倒霉！你要是不走！我走！"母亲拉着父亲的腿嘶哑着喉咙求父亲别走，父亲厌恶地回过头来一脚踹向母亲，母亲惨叫一声身体往后倒去！玛雅吓得躲在角落，身体不停地颤抖着。看着母亲，她恨自己的胆小和无能为力。哪怕有一次可以挡在母亲身前。父亲头也不回地走了，玛雅准备好让母亲把气发在自己的头上,她静静地等待着。许久,母亲并没有像往常一样,只见她整个人瘫坐在地上不出一点声,眼神涣散,眼泪像关不上的自来水一样流着。过了一会儿,她吃力地从地上爬起来,打开衣柜,拿出一个卡其布大袋子,然后又从衣柜里胡乱拿了几件衣服塞进口袋,继而又在化妆台上拿了一些瓶罐也一起放进口袋,紧接着走到床边,掀开垫被,在床板下面拿出一个青布口袋小心翼翼地放在大袋子里的某件衣服里。做完这些,她走到镜子前站在那儿,虽然她尽力压抑着不让自己发出声音,但玛雅从她微微颤抖抽搐的身体可以看出她有多绝望!玛雅心里很难过,眼泪也忍不住顺着脸颊流了下来。玛雅很想对她做点什么,让她好过一点。可她还是什么都没做。母亲的眼泪和绝望随着时间一起走过,她抬起了头,望着天花板,玛雅不明白那是什么意思,但她知道她已经停止了哭泣,玛雅想她的泪应该是流干了。继而母亲转身从衣柜里拿了一件大衣套上,提起地上的袋子。朝着门口走了出来。玛雅感觉到恐惧,她预感接下来似乎会有什么事发生。母亲走出房间,直接朝大门口走去,她没有看玛雅一眼,玛雅想她是不敢看她。就在她将要开门的那一刹那,玛雅冲了过去!玛雅当时,除了害怕,不管怎样,也不能让接下来的事情发生!玛雅抱住她的腰死死不放:"妈妈!别走!你要去哪里?"

"放开我。"母亲很冷静地对玛雅说,玛雅大声嚎啕着,她从来没有这么伤心过,虽然母亲一直打她。可当母亲要抛弃她,离开她的时候,她的心才更难过!

"不要走,好吗?"玛雅没有对母亲说我会听话的之类的劝言,因为母亲知道离开不是因为玛雅！

"放开我,玛雅！"

"我不放！我不要你走！"

"放开！"母亲一边大叫着让玛雅放开,一边一只手掰着她瘦骨嶙峋的小手！

"你不让我走,难道想让我在这里痛苦一辈子？"玛雅倔强地死不放手,母亲只好扔下包,两只手一起掰开玛雅紧抱着她的手臂。她用尽全力想把玛雅甩到一边！

"不要！啊！"她的力气比玛雅想象的要大,可玛雅还是不想放弃,她竭尽全力,就像快要垂死的人想要拉住最后一根救命稻草。可玛雅毕竟是个孩子,最后母亲还是掰开了她的手,母亲抓住她的上手臂,把她像小猴一样拎起摔倒在一边,玛雅几乎都能听见骨头击地发出的响脆声音。

玛雅已顾不上身体的疼痛,预感将要失去母亲的心痛,让她快要疯掉,她无可奈何地趴在地上对着母亲竭嘶力吼着！

"你不要我了！啊?！你不是我妈妈！你不爱我！从来都没有爱过我！为什么要把我生下来?！为什么?！"

玛雅的眼泪像水枪一样飙着,她从来没有这么对母亲无理过！她只想让她留下来。母亲愣了一下,不过她并不打算再听玛雅吼下去,她弯腰预备再次拎包就走。玛雅彻底无助了,她疯了一样从地上猛地扑过去抱住她的包。母亲冰冷的眼神硬生生地瞪着她,玛雅想:她的心也许更冷,对父亲同时也对她。母亲拿玛雅没有办法,于是母亲就想了法子,找来绳子,把玛雅绑在了椅子上。

"不要,啊……呜……"玛雅眼睁睁地看着母亲将她绑住,除了哭喊,任凭她两手怎么拉扯,都毫无办法,结打在后面。母亲绑好她,拉了包就走,玛雅在后面望着她,玛雅已感觉这一切无力挽回,她的心已经对这个家早就死掉了。在最初嫁给父亲的时候,她是那么的年轻,充满希望,对未来幸福的向往。而这所有的一切她所追求的,在往后的日子里确是一天一天让她失望,直到她不再希望。玛雅不懂,是她将要永远失去母亲,还是母亲会永远失去她?玛雅只明白一种永远离别的预感在啃噬她的心,而她确是无能为力。玛雅呜咽着轻轻地叫了母亲一声:"妈妈……"

那一瞬间,母亲的手就那样停在门的拉锁上,她像被钉子钉在了那儿,一动也不动。那时还让玛雅以为她也许不会走了,玛雅的呼吸及哭泣顿时也随着她停住了,她怕她一出声,母亲的那个想法便会醒过来,然后还是会跑掉。果真她突然放下了包,转了过来,然后慢慢走到玛雅面前,她的眼神第一次自玛雅懂事以来知道她是温柔的,玛雅能感觉到那里有妈妈的爱。她看着玛雅,伸出一只手轻轻地温柔地抚摸着玛雅的头,玛雅又忍不住眼泪像珠子一样滚落,但她并没出声。玛雅希望这刻永远都不要改变!她想母亲还是不忍抛下她的,可当她这种幻想还没有能够再多活几秒,就要被彻底破灭:"玛雅,记住,以后遇到像你父亲一样的男人一定要离他远点,妈妈走了……"

玛雅伸出双手抓住她的手:"那你能告诉我你要去哪里吗?"

"去一个没有痛苦的地方。"

"我能和你一起去吗?"

"不行。你还太小了，不能去。"

"为什么？我也很痛苦！"

"你骗我?！"

"我知道……你不要我了！"

"我真的不知道该怎么继续活下去，我很想爱你，宝贝，我真的没办法去做这些，我太痛苦了，求你了，玛雅。希望有一天你会理解我，会原谅我。"

"我不要听这些！你不要走……"

母亲把玛雅的头埋在她胃的地方，双手紧紧地抱着玛雅，她的眼泪一滴滴，玛雅想那也许是她没有打开给她看的爱，是对她的爱，在母亲离开的时候，母亲把他们全部洒在了她的身上，而玛雅的泪水却是止不住的伤心，就在那一刻玛雅懂得了失去的痛苦。玛雅看着这些，却无能为力。玛雅想自己不是因为年纪而弱小无力，是它们太过强大。玛雅相信是它们夺走了父亲的爱，又夺走了母亲的爱。它们看到人性的弱点，它们利用一切手段来嘲笑愚弄她们。让被打败的人，崩溃绝望！玛雅无能为力，她想也许它们下一个对付的就是她。泪水也变成了它们胜利的角号。看！或许命运就是这样转变的！它们让母亲推开自己的孩子，就那么狠着心，提了包，扭头就走。随后就只听见"砰"的一声，门关上的声音。也许还有它们胜利的欢呼声！留下玛雅一个人嘶竭地喊叫，它们朝玛雅袭来，强大的恐惧把玛雅吞噬了。母亲就那样走了，抛弃了玛雅。之后母亲就永远地消失了，而她把它们留给了她！

"命运有时候常常会作弄人……"玛雅把这个记忆刨了出来，同时她又后悔让苏菲知道。

"玛雅……谢谢你告诉我这些，对不起……"苏菲不知该如何表达在她知道这些后的心疼以及一些复杂的心情。

"以后你有我。"苏菲站起来给了玛雅一个大大的拥抱。

"……小傻瓜……从今天起你就住这！"玛雅说。

"我……"

"我什么，你刚说什么了?！"

"你还有我，可……我这样不好吧?！"

"少说那些，就这样定了，你别告诉我你不愿意哦，不过你也不是白住，你可是有很多活要干！"

"你除了做我的向导，工作助理，还有什么洗衣，打扫你都得包了。"

"啊？就这些？这不是也太少了？"苏菲故意假装轻松地随着玛雅的意思，其实此时她的心就像吊着一块大石头。她想她要保护她，要让她快乐。

"别担心，以后还会有别的什么。从现在开始，我整理我的记录，你负责叫人把餐具拿走，然后把自己和衣服清洁干净！OK？不，还有，你最先帮我……把这些东西洗掉！辛苦了，我的勤劳好搭档！"

玛雅坏笑着从衣橱里抱出一小戳衣服，扔在沙发上。

"啊……遵命！"

"嗯，这还差不多！干活！"玛雅得意地打着响指。玛雅一边工作一边还要假装故意监视着苏菲的工作,还不时故意给她分配点别的什么小事,非得让她忙得满屋转,"我要喝热水!"

"等等,马上去烧!"

"快点!"

苏菲放下正在洗的衣服,手上脸上满是泡沫。顾不上擦洗干净,被玛雅催促着去烧水:"来啦……"

"苏菲!水太烫了!"

"苏菲……"

"来了!"

"没事,想看看你出汗没有?"

"唉!你……"

"好!我不干了!我现在要去洗澡。这可是你吩咐的!哼!"房间里似乎充满了一个家所持有的热闹和琐碎,玛雅静静地享受着对家的温暖地填充。

苏菲去了浴室,玛雅低头继续整理剩余的记录。浴室里传来放水声以及苏菲模糊不清的"嗡嗡"哼曲声,墙上的时"钟滴""滴答"。如果用心聆听,会发现,不管在什么样的环境,还是会有安宁出现,哪怕是夹缝之中偷偷泄露的,那是美好的。这种表达快乐的方式,好些人都有过。曾经玛雅也很喜欢对着天空或自然中的美好生命,也许是一棵小草,也许是一只不知名的小小飞虫,都会有这样愉悦的表达,这是一种简单的愉悦。但是让这温暖的声声小曲突然停止了,是很容易被陶醉其中的人发现。

"苏菲!苏菲!"

"为什么不唱了,很好听呢!"

"嗨!小家伙,你没听见吗?"

玛雅呼唤着苏菲,里面没有应答,于是她站起来,走过去推开浴室门,却不见人影。满满浴缸的泡泡还在相继开放着,微微冒着热气。"臭家伙!"玛雅环视了一圈本来没有任何遮掩的浴室,正当疑惑着。"啊!"苏菲猛地从浴缸里冒出,怪异地尖叫一声,声音拉得很长,双手像猫爪一样举着,脸上做着扭曲的鬼脸,全身的泡沫像即将融化的蜡沫一样往下滑落着。

"啊……"没有防备的玛雅被惊吓着和她一起尖叫起来。

"你这个臭家伙!你要吓死我!"待玛雅反应过来,伸手就要教训她。

就在此刻同一时间,另一个房间,一台机器夹杂着干扰音,屏幕上出现一个没有人的房间的影像,接着从那里传出一声尖叫,一个站着低头双眼盯着屏幕的男人,突然惊慌地冲出房间。而在玛雅的房间里,因为刚才的胡闹,得意忘形的苏菲一不小心踩滑失去重心,狠狠地跌倒在浴缸里。

"下次看你还敢不敢胡闹。"玛雅小心将她扶到床上,帮她轻揉着伤口,对她小声责备道。

"咚咚!咚咚!咚咚!"这时门外突然传来急促的敲门声,苏菲迅速地钻进被子,完全顾不着刚才摔疼的身体。

"谁?"玛雅走到门边问道。

"是我,很抱歉,需要收走餐具吗?"

"哦,是你,好的。"

玛雅一边说着一边打开房门。森看见她深深地松了一口气，然后警惕地扫视着整个房间。

　　"你请进。"

　　"你,没事?"

　　"什么事?"

　　"我的意思是你还有别的什么需要吗?"

　　"哦,没有了。谢谢你。"

　　"不用谢,祝你有一个愉快的下午。"

　　"你也是……"

　　森推着餐车离开了房间,玛雅在后面随手把门关上,紧接随后她又打开房门,匆忙地朝森追了出去:"嗨! 等等。"

　　"怎么了?"森听见玛雅的呼唤停了下来。

　　"请问你有磕伤用的药吗?"

　　"你怎么了?"

　　"我……不是我,是苏菲,她摔伤了。"

　　"哦,她还好吗? 严重吗?"

　　"没事,只是有一点淤青。"

　　"那就好,请你等着,我很快帮你送过来。"

　　"谢谢,再次麻烦你。"

　　"不客气,你先回房。"

　　森看着她的背影,疑惑一些没有办法理解的事情。但他知道有的事是不能任其发展的,它可能会阻害另外一些事的发生。

　　苏菲和玛雅亦然不像刚认识不久的人,有时候人与人之间的关系,就在那一眼之缘早已定下了。命运安排她们这个时候彼此相遇,成为对方生命中最重要的人。

爱的力量

　　这些天,玛雅几乎每天都跟着苏菲外出。玛雅用一件浅黑色的 T 恤包住她心爱的便携式摄像机, 只露出镜头和观看屏的地方,身上穿了一件纯黑色的当地女性通常穿的布卡,不知道苏菲是从哪儿帮她弄来的,看起来不太合身,胸围特别紧,感觉随时都要崩裂,腰身和臀围又特别宽松,如果再加点颜色,或是滑带,就有点儿像朝鲜族的服装。但这样一身黑压压的看起来更像滑稽的修女,不过有一点是肯定的,穿成这样一般在当地不会有人会注意到她。

　　今天苏菲没有带她去拉客的车站,而是去了当地的一个商品市场。玛雅想拍点当地人生活的资料,她跟在苏菲的后面,若无其事的把摄像机抱在脸下方,靠近胸口的地方,确保她想纪录的影像能够完全地收入小镜头里。她还需要不时地偷瞄摄像屏幕,像个演技熟练的小偷,走在前面的苏菲不停回过头来,确定走在后面的玛雅是否安全。

　　"不准回头,你要像个平常出来采购的人一样,去做自己的事情。明白吗?"玛雅冲着苏菲嚷嚷道,假装不悦地瞪大着那双迷人的小眼。

因为战争的原因,这里的食物非常短缺,所以价格相对当地的物价显得非常高昂。但人们为了生存不得不选择接受,大多数人都已在变卖家当换取食物。苏菲说今天来这里的人比以往要多,也许是因为美国宣布战争要停止了,所以大家选用这个方式来庆祝吧。但人多却并不热闹。大多数人都是匆匆忙忙的,都想以最快的速度买到自己想要的商品,然后赶紧离开,卖东西的当然也是这样想,人们完全没有像平常逛闹市那样慢慢悠悠,走走停停地享受其中。其中有些人似乎相对速度要缓慢一些,就是那些用自己的东西换商品的,因为她们不得不货比三家,然后选择一家最接近本意的。市场上有各种的商品、食品、生活的一些必用品,甚至还有衣服和常用医药品,都是以摊位摆设的,有的干脆摆在地上。卖家大多数都是男性,出现在这里的女性基本都身着布卡,大多数是黑色,也有少数是其他的深色。玛雅像个当地的成年女性采购那样东看看,西看看,苏菲有时回头,看见玛雅引人发笑的样子,还不停冲着镜头做鬼脸。虽然市场是个开放式的大仓库,没有任何墙壁,只有一些柱子支撑。但还是让人感到闷热,透不过气来。地面看起来曾经是被水泥粉刷过,不过也许因为时间和人为破坏的原因已经是坑坑洼洼,满是尘土,当人们从上面走过,长袍和鞋裤拖在地上就会引起一阵阵尘埃绕着他们的脚裸追逐嬉戏。苏菲在一处卖土豆的地摊处停住,蹲了下来,询问着土豆多少钱一斤,待她回头看玛雅的时候,发现玛雅竟然不见了,这时后面陆续又围上来几个买土豆的人,苏菲放下挑选好的一部分土豆,迅速站起来,拨开后面的人,冲了出来,那个卖土豆的妇女还在后面叫喊着。苏菲踮着脚四处查望了一下，没有发现玛雅的踪影，急得她不知如何才好，她顾不上其他，一边大声叫喊着玛雅的名字，一边往回一个摊位一个摊位地查看。几乎绕了整圈摊位，连玛雅的影子都没看见，苏菲心里越来越急，几乎都要哭出来了，她开始责怪自己，根本就不应该带她来这儿，更别提还答应她让她自个儿跟在后面拍，就在这时苏菲在一处五六个人挤在一块儿的小摊位前停了下来，她用力地从这些人的夹缝中挤了进去，看见玛雅就站在左前脚的最里边，还拿着摄像头对着卖衣服的一位亚洲中年男人拍，苏菲真是又开心又气愤。她挤到玛雅旁边，扯了扯她的衣服，玛雅看见她很开心，示意她也来看她拍摄。惹得苏菲哭笑不得，原来玛雅以为这位大叔是中国人，想来采访他。她唤苏菲等等她，没想到苏菲没听见，结果她自己拍摄起来也忘了。其实这位大叔是位泰国人，在这里已经待了二十几年了，因为穷，回国也不知道干什么，想想既然都待这么久，就坚持下去。他还说越是不好的地方机会就越多，在这里每天都会有个目标，就是能好好地活到明天，所以觉得每天都是有盼头的。外面围着的几个人有的是来买衣服的，有的看人这么多，就也挤进来凑热闹，顺便看看有什么好的东西。拍摄完，玛雅作为答谢也买了两件白色上面印着大象的T恤，一件是给苏菲的。本来大叔还想回问玛雅，结果被苏菲硬拽着走了。旁边有的人还回过头来奇怪地打量着她们。苏菲小声带着一点责备的语气对玛雅说："尽量不要说话，免得引来一些不怀好意的人的注意。"她还再一次慎重重复道："这不是开玩笑！"玛雅听着她的叮嘱频频点头。市场里的人好像越来越多了，开始有点拥挤了,玛雅停止了拍摄,老实地被苏菲拽着小手。旁边也没有人注意到他们,各自都在注重自己的事情,他们转了一大圈,该买的东西基本都买齐了。最后他们在一处卖调味料的摊位停下来,老板是个有着白花花胡子的爷爷,大约有六十多岁的样子,不过除了胡子,整个人看起来是很精神强壮的。老板给了她们所需要的调料,在付了钱要走的时候,他突然问道,她们是不是给酒店采购的,苏菲回答是的,老板小心翼翼地左右看了看,把脸凑过来,手从摊位下面摸出一瓶美国的威士忌,非常小声地,在苏菲能听见的分贝下问她们:"要不要?是美国的。"一个大脸胡子男走过来,停住看了一眼就走了。苏菲忽然变得很紧张,摇了摇头,拉着玛雅就要走。玛雅拖住苏菲说等等,回头让老板卖她四瓶,玛雅只顾着开心地付钱,丝毫没注意到苏菲的情绪变化,苏菲像小偷似的左顾右盼。还没来得及阻止,玛雅已经付了钱,老板偷偷把酒装进了黑色的袋子递过来。苏菲无奈地只好让玛雅接过,她只想赶快离开这里,回到旅馆。他们转过身,还没来得及跨出第二步,突然冲来一群人,拉着枪,市场瞬间炸开了锅,人们四处逃窜,有的跑得快的,突然就瞬间倒下,跑得慢的有些被制服,并抓了起来,只有少数被询问后让其离开的,白胡子老板已经不见了人影。玛雅一手拎着酒,一手捧着相机,看着这样情况,玛雅立即打开摄像机开关,对准镜头进行拍摄。这时镜头里一个男人迅速地向她冲来,她惊诧得来不及反应,就被撞倒在地,威士忌都洒落在地,只有相机还紧紧抱在手里,苏菲一边想着怎样应对,一边急忙放下东西上前把玛雅扶起来,玛雅的手掌因为摔倒搓在地面,起了一道道的血印。市场里剩下的人乱成一团，枪声连续杂乱地响起，掺夹着惊恐求助的尖叫哭喊声。苏菲看了看，决定留在原地，她护着玛雅面朝着摊位，在板子下迅速地蹲下，她安慰着玛雅，让她可以保持镇定。

"没事，不要抬头，这是经常发生的事。一会儿有人询问你，千万不要出声，我会告诉他们你不会讲话。任何问题我来回答。"

苏菲异常的冷静，玛雅虽然感到害怕，但也竭力保持镇静。她在想着有可能也许能拍摄到更多的镜头。嘈杂声还在继续宣泄着，身后很近的地方传来一阵喝叱，接着两杆枪的黑洞顶在她们的背上，苏菲告诉玛雅那些人让她们俩双手举起来，然后慢慢站起来转过身去，玛雅随着苏菲，小心翼翼地，连大气都不敢喘，很怕一不小心会像在电视里放的那样，被当做有危险武器，当场击毙。当她们看见这三个举着枪对她们大声吼的家伙，玛雅不禁好奇地偷偷打量着他们。三个男人个子参差不齐，其中最年纪小的最高，大约十五六岁，瘦瘦的，表情比被他们拿枪对着的人都要惊恐，他站在最后面，枪口是朝下的。前面两位年纪相仿，二三十岁左右，个最矮的较胖，肚子掩不住得突了出来，穿着一条像七分裤的长裤，也许是别人的裤子，也许是因为腿太粗，把裤子给撑短了，露出两条像野猪一样的黑毛腿，鼻子几乎看不见鼻梁，脸颊的两坨肉坠的有些往下垂，眼睛尤其突出，眼珠大得几乎要鼓出来，眼袋肿泡，很像极致丑陋的蛤蟆。其中在和玛雅说话的那个人，身材五官基本很普通，除了没有什么眉毛外。矮胖的男人严肃地死死盯着玛雅，玛雅尽量往苏菲身边靠着，矮胖的男人转动着死白大眼,忽然向玛雅走进一步,一边用当地语对玛雅喝叱着,一边用枪口去拨玛雅手里黑布包着的摄像机。苏菲急忙转过头来解释,他们用的是当地语言,玛雅无法听懂他们在说什么,但从表情和动作上来看,玛雅大致能意会他们的意思。看样子,苏菲没能说服他们,那个矮胖的人显得有点生气,上前就要去抢夺玛雅的相机,玛雅机灵地用身子挡了挡,那个男人更加生气了,他咆哮着揪住玛雅的布卡,眼神极凶恶地瞪着玛雅,苏菲欲要上前阻止,被其中另一个男人喝住:"别动!"

苏菲只能站着哀求这个威胁她的男人,矮胖男人非常粗暴地扯掉了玛雅蒙住脸的纱巾。当他看见玛雅的脸顿时起了一丝淫恶的笑容,玛雅看着他的脸忽然联想到变态杀人魔,顿时觉得恶心,她往后尽量退着,为了不要让他碰到自己。那个男人岂能擅自罢休,就像玩游戏一样,这时他才突然觉得好玩。只见他摇晃着自己肥胖的身体,迫不及待向玛雅扑来。苏菲一把把玛雅揽在身后,那个男人因为急迫,没有注意一脚踩在从袋子里散落出来的威士忌酒瓶上,整个身体就像炸弹一样"嘣"的一声炸在地上,可怜的地面一定觉得很疼。站在后面的瘦高个跟着"嘣"的一声忍不住哈哈大笑起来。一边淡眉毛的那人在抿着嘴偷笑。胖男人笨拙地爬起来,气急败坏地回头瞪了瘦高个一眼,只见他整张脸因为气急涨得像猪肝似的,他大喘着出气,咬牙切齿地拿着刚刚让他摔倒的那瓶威士忌对她们吼道:"这是你们的吧?! 你们弄了多少到这里? 谁主使你们的? 快说!"

矮胖男人说着把酒往地上一扔,还好没有砸中旁边的那块小石块,他理直气壮地举着枪,肚子越挺越大,扭曲的谬论瞬间赐予了他所谓的"真理"和气势,他凶恶地对着苏菲,冲过去用他那只咸猪手抓住玛雅的衣服,把她从苏菲后面拽了出来,然后抢过玛雅的相机用力地砸在了地上。玛雅气愤至极地看着这个丑陋的男人,苏菲拉了拉玛雅的衣服,示意她忍住。胖男人像法官似的,大声地宣判着她们的罪名,申明要把她们拘留,因为她们是魔鬼的奴隶,竟然把魔鬼诱惑他们的毒药带到这里买卖,所以她们是罪恶的,要被逮捕,受到惩罚。他们指的是美国人的酒。

苏菲抗议道,但完全没有用,矮胖男人根本不理会她,他抓住玛雅,一边说当地粗俗的语言一边动手动脚,那只胖得像猪蹄一样的爪子,猥琐地朝玛雅的胸部袭去,玛雅迅速地用双手抓住其手,接着一口咬住,那男人疼得嚎叫一声,抽回他的爪子,上去就对着玛雅的腹部一脚,玛雅无法稳住重心,被他踢得腾空而落,疼痛刹那重击她的身体,玛雅涨红了脸,对着胖男人恶心地朝地上唾了一口:"混蛋,你去死吧!"

苏菲看见胖男人对玛雅施暴,愤怒和血液顿时直冲头顶,她管不了后面的枪口,像是发了疯似的冲向他,上去,一手挡开他的长枪,一手闪电般的对着他的眼睛和鼻子就是一拳!这一下胖男人被打得火冒金星,往后连退两步,他红着双眼,像被激怒的野狗一样,狂吠着就要对着苏菲开枪,苏菲再一次迅速冲过去用手臂夹住他的枪支,使它朝向另一边,另一只试图再去攻击他的脸,没想到出击的拳头被他快速接住,胖男人用力地捏住苏菲的拳头,苏菲感觉骨头几乎都要破碎了,她使足全力用头对准他的鼻子

"嘣"地快速狠狠一砸！

"啊！"

胖男人痛得"嗷嗷"直叫,只见他甩掉手中的 AK47 机枪,回手一把掐住玛雅的脖子,他卯足所有的劲,企图可以掐断苏菲的喉咙,苏菲慌乱地挥动着另一只手,希望可以抓住胖男人什么要害之处,只见胖男人狡猾地撤开了头,苏菲被他掐得满脸通红,胖男人凶神恶煞地憋着一口气几乎想要一把弄死苏菲！

"不要！不要！求你！放了她！"玛雅哭着慌乱地叫喊着,频临死亡的恐怖让她慌乱的无法思考,她不知道该怎么办？一边的淡眉男人也在对他们大声喊着什么, 在之前苏菲冲向胖男人的时候,他还拿着枪对着苏菲,子弹打出去射歪了,击在地上激起一层灰。就在同时他看见了苏菲后颈脖的纹身,于是停止了开枪。

玛雅想冲过去捡起胖男人的枪,可惜离得太远,必须绕过他们,这时苏菲已经近乎快要断气,她张大着嘴巴,身体已经开始往后倒去,手臂没有力气得垂了下来。

紧急之下玛雅咬着牙关,对准那条长满黑毛的胖腿,从地上爬起,猛地一越,扑倒在胖男人的腿边,张开大嘴,不顾一切地,把牙齿插入到他的腿里,然后摇晃着脑袋,用力地撕扯着,直到他不能忍受,大叫一声,放了苏菲,然后一把抓起玛雅,把她狠狠地扔了出去。

"嘣！"玛雅摔倒在地上。与此同时"唰"的一声,玛雅连皮带肉带毛地撕咬下了他腿上的那块肮脏的肥肉,玛雅含着眼泪恶狠狠地把它一口"呸"在地上,胖男人瘸着腿疼痛地惨叫不止,他发誓要杀了玛雅,只见他一瘸一拐地转过身来用另一只脚凶狠地踢向玛雅的胸部。

"嗯啊!"玛雅被他一脚踢倒在地,血从她的嘴角流出。而胖男人也因为被咬的那条腿疼痛难忍,失去重心继而跌倒。玛雅强忍着剧痛爬向苏菲。

"苏菲!"玛雅摇了摇苏菲,苏菲闭着眼睛,一动也不动,脖子红肿着,清晰的五指印痕,额头也是红紫色的,里面渗着淤血,玛雅抽泣着轻轻握着苏菲被捏的红肿的手,一只手柔柔地抚摸着她稚嫩的脸颊,滚烫的眼泪不停地往下流淌,"滴答""滴答"落在苏菲的脸上。

"不要死……你说话呀!"玛雅难掩悲痛趴在她的身上失声痛哭起来。

一旁的胖男人爬起来一瘸一拐地走到扔掉的机枪边,后面跟着淡眉的男人和那个瘦高男孩,淡眉男人一边在用当地语言跟他说着什么,胖男人完全没有理会,只顾着自己弯腰捡起那把AK47,然后接着瘸拐着走向玛雅她们,淡眉男人看他对他毫不理会,就伸手从后面去拉扯他,没想到他转过身来二话不说就恶狠狠地直接用枪指住淡眉男人的头。就在这时,一边的瘦高男孩颤抖着举起了手中的枪,对着胖男人。没有想到这样反而令他愈加生气,他咆哮着对着瘦高男孩大喊道: "蠢驴!放下你的枪!不然我马上打死他!"

胖男人一边威胁着一边用枪口往淡眉男人额头上顶了顶: "小子,放下枪,他疯了,我可不想为了她们丢了性命!由着他去!"

"他会后悔的！"

　　听了淡眉男人的话，小男孩很不情愿地放下举着的枪，胖男人已经完全失去了理智，他才不管他们在说什么，他不屑地瞪了小男孩一眼，回过身继续一瘸一拐地走到玛雅身边，一边辱骂着，一边举起枪，对准玛雅的脑袋。玛雅用身体竭力挡住苏菲的身体，后面的瘦高男孩紧张地瑟瑟发抖。

　　"砰！"两枪同时响起，胖男人的枪掉在地上，转头一看，森握着短式手枪向着这边走了过来，眼神就像一把寒气凛冽的刀一样死死盯住他，几乎可以把他千刀万剐。他像泄了气的皮球，一动也不敢动，眼睛不敢再看向森一眼，手上两个枪洞，血水顺流而下，滋润着干渴的土地，灰尘瞬间淹没每一滴血。他虽然不知道到底怎么回事，但有一点他是肯定的，就是自己犯了一个大错。其余两位也大概明白了一点，胆怯地静静地一边待着，甚至不敢说一句话，等待着森的发落。

　　扑在苏菲身上的玛雅，闭着眼睛等待着子弹带来的死亡，但枪响过后，一会儿玛雅发现好像没事，待她睁开眼，看见胖男人低着头站在原地，手在淌着鲜血，"吧嗒""吧嗒"地滴答在地上的机枪杠上。

　　"森！"玛雅惊讶地叫出声来，尾音跟随喉咙顿时哽咽起来，眼泪忍不住得在眼睛里拥挤。森看着她突然心里一阵酸痛，他情不自禁地走过去在她面前蹲下来，心疼地望着她，瞬间玛雅的眼泪就像决堤的洪水凶猛下泄。看着她这样，森感觉自己几乎都要哭了。那种被揉碎的酸痛在心里蔓延，过后留下一种幸福的充实停在那里。他想，她好好地在他面前，他好想好想把她搂在怀里，轻轻抚摸她的发际，吻去她脸上的泪痕。那种冲动一直在鼓励他去安慰她，他伸出手停在她的脸颊，温柔地擦拭着她的泪水。玛雅越发感到委屈，持续不断的泪水似乎在向他诉说着不要。

"别怕，没事，有我在。"森心疼地安慰道。

玛雅勉强地停止了哭泣，小手紧紧地抓住苏菲，哽咽着对森说："苏菲……"

话还没说完，又再一次难以掩饰地失声痛哭。森伸手在苏菲的鼻孔边探了探，然后扶起她的上半身，她的头下方遗留出一块染有血迹的石块。

"没事，她只是头撞在石块上晕了过去。"说完森把苏菲扶起靠在玛雅身上，然后自个儿站起来，走向旁边，捡起其中一瓶威士忌高高地举在半空，眼睛放射着让人不寒而栗的光芒，这时后面的一群人都在看着他和他手上的那瓶酒。气氛紧张得几乎可以瞬间结冰。他们个个表情严肃，不敢想象接下来将会发生什么！包括旁边的这三个家伙，这时只见森不屑地瞟了他们一眼，然后突然松手，"嘣！"酒瓶掉在地上，滋润了尘土。

森抱起苏菲，玛雅一只手撑住地面，另一只手支撑着旁边的右腿膝盖，肚子和腰胯部传来隐隐阵痛。为了不让森发现，她假装非常轻松的样子，慢慢站起来。森示意玛雅走在前面，前方的那一群人自动地分成两排，让出过道。森经过小男孩时忽然停住转头对他说道："枪法不错，叫什么？"

"萨德。"小男孩得到夸奖显得有些害羞，腼腆地红了脸，森朝他点了点头。玛雅走了几步，发觉头很眩晕，眼前的人和环境模糊旋转，就算向前迈步也显得非常艰难，慢慢地眼前变得一阵漆黑。森回过头来，玛雅无法把持，晕倒在地。

法尔玛和她的"孩子们"

　　两天前,在萨德旅馆 406 房间,玛雅收拾着出门所需的行装,等待苏菲的到来,一大纸袋的当地烤饼放在房门对面的写字桌上,飘散着香喷喷的洋葱和土豆味。玛雅看了看墙上的钟摆,1 点 57 分 45 秒,离约定的时间还差 2 分 15 秒,苏菲应该到达旅馆了,也许正在大厅里走着,她可是从来没有迟到过,典型的时间精准主义者,玛雅疑问她是如何养成的好习惯。"1、0、9、8、7"玛雅打开门锁,倒数着最后的时间"6,5,4,3,2……"

　　"笃笃!"

　　敲门声在最后一秒钟响起,门自动开了一条缝,烤饼味早就随着缝隙溜进苏菲的鼻子,她推开门,桌上装饼的大袋子非常显眼,她走过去扒开袋子,闻着香味,享受着闭上眼睛,待她回头,不见玛雅影踪。

　　"玛雅……玛雅……"苏菲唤着她的名字四处搜罗着,最后目光停留在写字桌的窗帘后。

　　"玛雅……"苏菲猜想玛雅一定藏在后面,她本想抓她出来。不过她忽然灵机一动改变了注意。她伸手抓了一个烤饼咬了一口,一边故意自言自语地说。

"人呢？怎么不在呢？不是说好了吗？"苏菲说得有点含糊不清，因为口里还在咀嚼着烤饼。

"笨蛋！哈哈哈哈！"玛雅自以为是地躲在后面忍不住嘲笑道。

"看我怎么吓你哈哈……" 随后听见门锁合上的声音，门关上了。

"哈啊！" 玛雅兴高采烈地从窗帘里伸出个脑袋，发出惊吓的声音，面部做着鬼脸！待她完成一系列动作，定眼一看，发现苏菲根本不在眼前，玛雅纳闷了："刚刚明明在，怎么就不见了呢？"

"咦？她不会是想反过来捉弄我吧？"玛雅一边想着，一边不动声色地蹑着手脚小心地检查起苏菲有可能会藏身的地方。她完全没有意识到，苏菲忽然出现在她后面，模仿着她的动作。

她把头钻到桌子下，用手一一探过所有窗帘，还仰头查看天花板，她以为苏菲是能飞檐走壁的高手呢?！苏菲看着她可幼稚而滑稽的行为，忍不住在后面偷偷取笑。只见玛雅甚至走到浴室查看每一处，最后回到卧室连床上的被子都被她掀起探个究竟。"还是没有……"她想着郁闷地走到桌子前，顺手捡起桌上那个被咬了一口的烤饼看了看，她拿着它转过身去，对着门疑虑道："她难道不会走了吧？看我不在？"

"不会真的走了吧?！"她越想越觉得沮丧，一副没劲的样子，像是被霜打了的茄子，嘟着小嘴自言自语地嘟哝道，"笨蛋怎么就走了呢？不知道我是在开玩笑的嘛？"

"哼！真是的！怎么办？"她赌着气，把饼放在嘴里撕下一大口！一副自我责备的样子，这时突然一双手从后面迅速地蒙住她的眼睛！

"啊！啊！"玛雅吓得整个人都弹跳起来，双手举在两颊不停地发抖，她转过身来看见苏菲还是忍不住地大声尖叫着。

　　"哈哈哈哈哈！唉，你还是别叫了，等会别人还以为发生了什么！"苏菲看着她被吓坏的样子，得意地笑得东倒西歪，眼泪都要掉下来了，她一手捂着肚子，一边不忘作弄她。

　　"你这个小坏蛋！吓死我啦！你从哪里跑出来的？像个鬼一样！神出鬼没的！啊！"玛雅气得发抖，她瞪大眼睛假装生气地伸手就要去揍苏菲。

　　"我一直在你后面，是你笨，看不见。"苏菲一边弯着腰抱着头，躲着她的拳头，一边顶嘴道。

　　"我怎么一点都没感觉到？"

　　"你笨啊！呵呵。"

　　"哼！"玛雅停住手，苏菲抬起头看着她傻呵呵地笑着，玛雅转过身去，假装不理会她。

　　"好啦，对不起啦，再也不敢了。"苏菲赶忙向她道歉，玛雅还是不理她，她只好悻悻地跟在她后面，自个儿还在一边偷笑。突然玛雅停住，转过头来白了她一眼，把大饼塞到她手里说："吃掉！这是你咬的，当是你的惩罚！哼！"

　　苏菲接过饼开心地放在嘴里，咬了一大口："嗯啊真香！"

　　玛雅从衣架上取过挂着的纱巾和相机，回头看着苏菲逗乐的样子，笑着无奈地摇了摇头："唉，馋嘴猫，快点，拿起桌上的袋子。"

　　"哦，你从哪儿弄来这么多？"

　　"不告诉你，秘密！"

"买的吧，小心，钱被花完，回不去了。"苏菲把剩下一大块饼全部塞进嘴里，嘴巴鼓得像包子。她把装饼的袋子口部扎好，小心翼翼地抱在怀里。玛雅穿了那件白色连衣裙，裙摆正好在脚踝上一点，相机放在套包里斜背着，紫色围巾裹在头上，脚上套着墨绿色短靴。苏菲还是白T恤，发黄牛仔裤，大头卡其色短靴，跟玛雅的不太像，她的像男士穿的那种。

"我这不是学你的吗？"玛雅一手去开门，一边回头看着苏菲调皮地回答道。

"好吧，下面还有，这下我看够她们吃上好多天了。"苏菲急急咽下食物咕哝着。

玛雅抬起手看了看时间，现在已经是2点36分，离开旅馆，她们差不多走了20几分钟的时间。苏菲走得很快，玛雅几乎是小跑着才能跟得上她，苏菲只好走走等等。玛雅不知道究竟已经走了多少条小街，太阳高高挂着，好像一直在追赶着她们，也似乎特别喜欢这个游戏，所以一直不愿离去。它把热情照耀着她们，以致让她们的身体感动地流泪不止。苏菲告诉她，就快要到了，再过一条街，原本走大路她们可以很快到达，但是因为她是外国人，怕有人会看出她的异常，惹上麻烦，所以就挑上人少的小路。一般没有人会注意："你看！前面就是了。"

"什么？就只看见一堆废墟和一面几乎被毁的破墙。"

"你跟我来，在墙的后面。"玛雅跟着苏菲加快步子往废墟堆走去。

"小心。"苏菲回头叮嘱道。

"嗯?好臭!"玛雅不由得皱起了眉头,地上的砖块堆里夹杂着散落的垃圾和粪便,一不小心就会踩上。

"这是小家伙们故意弄在这儿的,是让其他人可以避开这儿。你跟着我的脚印。"

玛雅屏住呼吸,一步一步仔细地看着地面。她们走到一堆很高的土砖处,然后往左绕过它,再往里走看见一扇门,苏菲站在门口叫着:"法尔玛!法尔玛!法尔玛!"

法尔玛是这群孤儿带头的小男孩的祖母,孩子们都很爱她,她虽然年纪很老了,却像妈妈一样爱着这些孤儿。平日里她在家照顾年纪小的和身体不好的孩子,其余的孩子跟着带头的男孩负责去街上乞讨。

没有人来开门,玛雅问道:"他们会不会不在?"

"不会,法尔玛会一直在家的。"

"法尔玛!"苏菲再次叫道,这时门从里面开了。一个只有一只眼睛的大约六七岁的小女孩出现在他们眼前,似乎在哭泣,脸颊还带着泪痕,"阿撒冷?你怎么在家?法尔玛呢?"因为平日这个时候她都跟着大的孩子已经在外面乞讨。

小女孩看见苏菲就往她怀里扑去,她张开小手紧紧地抱着苏菲,哭得特别伤心:"法尔玛……法尔玛她死了!"

"法尔玛怎么会死了?前两天我见她都好好的。"苏菲搂着阿撒冷,一边对着玛雅自我反问道,眼泪在她眼睛里翻滚着。玛雅也很难过,她靠过去抱住他们两个,不知道该怎么安慰他们。

苏菲松开阿撒冷,用手轻轻地抹去她脸上的泪水,温柔安慰道:"乖,阿撒冷,不要伤心,法尔玛那么善良、慈祥。她只是肉体老了,她并没有离去,因为她不会舍得可爱的阿撒冷和其心爱的孩子们。"

"这是真的吗？"阿撒冷天真地看着苏菲的眼睛,想着苏菲说的话,慢慢地停止了哭泣,小鼻子一哼一哼的。

"当然,她还要看着我们的阿撒冷慢慢地长大,看她是否可以照顾好自己。"

"苏菲,我保证不会让她失望的。"阿撒冷非常认真地向苏菲宣誓道。

"嗯,这才是勇敢的阿撒冷,相信法尔玛看见现在的你,一定会为你高兴的。"苏菲称赞地点了点头。

"阿撒冷,我为你介绍,这是玛雅。"苏菲介绍道。

"我是阿撒冷很高兴认识你。"小女孩转过头对着玛雅自我介绍,鼻涕一不小心就流出来。苏菲在一边翻译到,玛雅蹲下给了阿撒冷一个拥抱。

"你好,阿撒冷我也非常高兴认识你。"玛雅说完从相机套里拿出一块淡淡浅粉色的小手帕,帮阿撒冷擦拭着流下的鼻涕。

"谢谢你,玛雅,它真漂亮,像你一样。"阿撒冷看着手帕说道。

"喜欢,我把它送给你了。"

"我不能拿走你的东西。"

"不,现在它已经是你的了,阿撒冷。"玛雅说着把手帕塞进阿撒冷的小手里。

"对,阿撒冷你就收下吧,就当做它是玛雅,它现在是你的了,你要像爱玛雅一样好好保管它。"

"谢谢,玛雅。"阿撒冷把手帕捧在胸口,表示感谢地亲了亲玛雅的额头。玛雅站起来牵着阿撒冷的小手。

"走,我们一起去看看法尔玛。"苏菲牵着阿撒冷的另一只小手。

走进去,里面是一间水泥地的大房间,正对着她们的是一张双人的破旧的沙发,浅绿色的漆大多都已脱落了,一个个大小不一的洞,里面的海绵有的都已探出头来。旁边有一张老式的红色两门茶几柜,上面的漆已都零零碎碎,柜上放着大大的花纹喷漆的彩色圆盘,里面有一把单柄的铁壶,瘦瘦高高的,边上放了七个各色的杯子倒放着。两边靠墙各摆放着两张床,确切地说是堆砌的石块上放了一块木板,床上整齐地摆着少许衣物。

"阿里,他们都在后面。"阿撒冷说着,松开她们的手,小跑着推开沙发边的门。苏菲把带来的食物放在沙发上。

"阿里!苏菲来了……"苏菲和玛雅跟着她跨过门槛来到后院。一个男孩铲完最后一锹土,把铁锹往上一放,露出腰以上的身体,离他大约一米多处有两颗椰枣树。他看见苏菲,用手撑着地面轻松地向上一越,跳出土坑。他就是苏菲所说的那个带头大男孩,十三岁左右,半裸着上身,身上和脸上的汗珠在太阳的照射下油光发亮,黑色的中长发往后拨落着,被汗水黏合在一起。浓密而又整齐的弯弯的眉毛下是深邃的深棕色眼睛,睫毛很长,高挺的鼻梁,鼻尖翘翘的,就像漫画中的人物。如果苏菲没有事先告诉玛雅他的年龄,玛雅肯定以为他和苏菲年纪相仿,因为他的个子和身材毅然已经像个男人的样子了。在苏菲她们的左边不远处不到一米的地方,法尔玛躺在卡凡上,双手握在一起成祈祷状,眼睛紧闭着,带着微笑,有四个年纪参差的孩子守在旁边,她们看见苏菲,都纷纷起身向她跑来,只有一个留在原地,非常瘦小的身体,看起来年龄比阿撒冷还要小。

她们靠向苏菲,苏菲用两只手紧紧地把他们都抱住,没有人说一句话,阿里走过来,在裤子上擦了擦手,他看见苏菲,眼睛里含着泪水,也许是男孩子本身的倔强努力不让它掉下来。

"阿里……"苏菲从孩子们中间穿过,走向阿里,他们像兄妹一样拥抱着,苏菲拍了拍他的背表示安慰。

"她走得太突然……"阿里说着呜咽起来,这个时候他才是个孩子。

"前两天我来这儿,她还在忙着帮你们把破了的衣服缝好,看起来很好。"

"昨天她还对我们说,要看着我们一个个长大,可今天她……她为什么不醒过来了?"

"阿里……"

"她丢下了我们!"阿里放开苏菲,走向法尔玛,苏菲想说些什么安慰他,但她心里明白说什么都没用的。她能看出阿里在失去法尔玛的悲伤下隐藏的恐惧和无助,一次次失去深爱的人,他毕竟还是一个孩子。还有那么多的孩子需要他。

"阿里,这是玛雅。"

"这是我和你说过的阿里。"玛雅向他们彼此介绍到对方,阿里对着玛雅微微行了一个礼,玛雅也学着他的方式打着招呼。

"阿里,我为法尔玛感到难过,她是一位了不起的美丽的女人。"

"谢谢。"阿里回答道。

"这是米卡伊、伊撕拉、哲布哈,还有伊万。"

"这是玛雅。"苏菲一一介绍完,大家彼此打过招呼,苏菲拉着玛雅走到法尔玛身边跪了下来,"这是美丽的法尔玛。"

玛雅很近地看着法尔玛,她就像睡去了一样,样子是那么的平静淡然,不管是生命的岁月曾经带给她富足快乐、幸福,还是战争、痛苦、折磨,在此时都已逝去,留下的只是活着的人心里对她的记忆。时间刻上的深刻的皱纹,一棵经历风雨的古树,她的微笑、泰然,无不隐藏着自然中生命的美丽和奥妙。她没有离去,玛雅情不自禁地也对着她微笑着,就像生前的老朋友见面。在这里,黄沙、灶堆、水井、椰枣树下,空荡简陋的房间,破了又补的衣物,昔日袅袅炊烟,无不浸满她的爱和温情。挥之不去的每日的叮嘱,孩子们平安归来的喜悦,那些她所期盼的简单的愿望,这些也都留在这里。玛雅能感受到这一切,有的死亡并不是结束,而是另一种延续,她的精神,她的希望。

接下来他们进行告别仪式。苏菲用洁净之水帮法尔玛清洁身体,简单整理仪容,法尔玛赤身被卡凡(一条六尺长的白布)包裹着,露出脸颊,大家都很安静,虽然都很悲伤,眼泪毫不顾忌地宣泄,但孩子们还是极力忍住不要痛哭出声,以免打扰到法尔玛的清净,大家开始默默地为法尔玛祈祷和祝福。最小的伊万低着头,目光一直停在法尔玛的脸上,阿撒冷坐在他的身边,哭丧的小脸流露着懵懂和不惑的神情,也许他知道法尔玛再也不会抱起他,把他楼在自己的怀里, 不再在他听见爆炸声恐惧哭泣的时候捂住他的耳朵安慰他。但对于死亡是什么,他却是多么的不明白,不明白身边的亲近可爱的人为什么一个个都会不见了,不明白,那"嘣"的声音为什么那么可怕? 不明白为什么它会带走自己的双脚? 伊万想,他一定要看住法尔玛,不能让她不见了。为法尔玛祈祷完,阿里站起来带头向她告别,苏菲让出位置,阿里跪下,看着法尔玛的脸,仔细地端详着,然后对她说了一些话,最后亲了亲她的额头。阿里之后,是伊撕拉、哲布哈、米卡伊、阿撒冷,他们都学着阿里的样子对法尔玛表达着自己的不舍之情,他们之后是最小的伊万。

"法尔玛你说过不会离开小伊万的, 所以我不会让你不见了。"

"我现在就想你了,你为什么不看我……"小伊万说着忍不住地失声痛哭起来,旁边的阿撒冷抱住伊万像个大孩子一样轻轻地安慰着他:"不哭,法尔玛不会不见了。"

"她老了,她需要休息,所以她睡着了。"伊撕拉也一边附和道,小伊万半信将疑地看了他一眼,苏菲和玛雅也向法尔玛分别告别后,苏菲用卡凡盖住她的脸。其他孩子都站起来,靠向一边。

"一会儿能帮忙抱伊万吗?"苏菲对玛雅说道。

"好。"玛雅回答道,一边跟着苏菲从后面绕到伊万面前。

"小伊万,让玛雅抱你好吗?"苏菲蹲下来对伊万说,伊万看了看玛雅,犹豫地点了点头。

玛雅微笑着叫着伊万的名字,蹲着向他伸开双手,伊万迟疑了一下,回头看了一眼法尔玛,扑到玛雅怀里。因为小伊万没有双腿,玛雅只能抱住他腰及背的部分,他把头靠在玛雅的肩上,接着又迅速地把头扭向法尔玛这边,因为那边无法看见法尔玛。为了让他方便,玛雅往右边侧了侧身体。阿里和苏菲各抱着法尔玛身体两端从地上抬起走向椰枣树边的土坑,孩子们跟在后面,法尔玛很瘦,几乎只剩皮和骨头了,所以阿里和苏菲并不非常吃力,来到土坑前,他们站在两头,把法尔玛置在空中慢慢放入坑中,他们非常小心,怕会摔疼法尔玛。孩子们围在旁边,安放好法尔玛,阿里带领大家为法尔玛落土,送葬的每个人要捧三捧土向着法尔玛头部的方向,苏菲带领朗诵送别词:

"我从土上创造了你们。"

"我使你们归复于土中。"

"我将在此从土中复活你们……"

天空是明亮的,太阳照样把大地照耀,时间还是照着它的规律转动着,在生命的大地上,同时又有多少不同的生命以不同的原因逝去,又有多少人在以多少不同的信仰和方式在哀悼,生命贵在停留,某一天它的本体终会终结,归真于尘埃,什么样的存在才会在活着的生命意识里延续?世界太奇妙和深奥,此时不同的地方在演奏着不同的信仰之乐,这本是一件美好的事物,给予人类心灵的寄托,引导我们走出黑暗,在困境中给予勇气,悲伤中抚以安慰。可与此同时,如果真有神灵,为什么又要在此之上创造出狭隘,让人类因为人种、宗教、民族或地域的不同相互凶残和排挤,也许这又要回归于人性的复杂。

隐藏的城堡

　　老鹰在空中盘旋，这一座城在它的俯瀚之下，不会有人和它去争夺。在这座城里，有一处世外桃源的沙漠绿洲，难得的湖泊，成排成排茂密的椰枣树，穿过去是原本不可见的广阔草地，在往前，是沙漠花园，种满了各种热带植物，靠落在一堆坐落在一座小山之中的石墙后面，它是山丘之屋，像是自然本身创造的古老城堡，透露出神秘，犹如精灵居住的地方。透过一扇椭圆六边形的透明玻璃窗望进去，在一张欧式大床上玛雅平躺着，闭着眼睛，乌黑的长发自然地散落在胸前，床边坐着一位男士，怜爱地注视着她。

　　"我从土上创造了你们。"

　　"我使你们归复于土中……"

　　声音一直在反复萦绕，玛雅一个人，四周一片黑暗，她无法知道自己身在何处，她还在认为自己在那个后院与孩子们送别法尔玛，可为什么不见了，她试着询问自己，玛雅仿佛觉得自己是大海中失去唯一可以承载的小船，恐惧心慌就像暴风雨的袭击。一个大浪把她打落海底，就要窒息的她慌乱地挣扎寻找救命稻草。她对着黑暗无助地摸索着那扇大门，死寂最让人恐惧，她大声呼喊着苏菲。

"有人吗？喂？苏菲！苏菲……"没有人，没有回答，玛雅感觉就要绝望，她挥摆着双手，横冲直撞地在茫茫黑暗，她闭上眼睛希望可以感觉到什么。这时那个声音又慢慢响起，声音越来越大！玛雅睁开眼睛，前面出现一片光亮，带着一群黑压压的人，玛雅像刚被获救的人深深地呼吸着第一口空气，待她回到正常，那群人向她走来，一个个身穿黑色长袍，一个人领头，后面四个人似乎是在抬着一个人，越来越近，那个人是森！前面的领头的那个人，不！抬着的人是苏菲?！玛雅觉得胸口一阵疼痛……那个送别的朗诵声此时就像雷鸣"轰隆"，炸弹似的震耳欲聋：

"我从土上创造了你们。"

"我使你们归复于土中……"

玛雅痛苦地捂住耳朵大声地呼喊着，苏菲满身是血，一点一点地浸染着抬着她的卡凡。

"不，苏菲！苏菲！啊……苏菲！"玛雅冲向苏菲，可是这看得见的路好长好长，玛雅嘶哑着喉咙，希望那个被抬着的人能够听见。

"苏菲，不要死，不要……咳咳……苏菲！"

"玛雅，玛雅。"森猜想玛雅做恶梦了，他轻轻地呼唤着她。

这时，梦里森忽然注意到她。他回过头来，呼喊着玛雅，玛雅还在跑向苏菲，距离还是那么长，他怎么也靠不近她。

"玛雅，玛雅……"森出现在她后面伸手拉住她的手，玛雅回过头看见森，伤心地扑到他的怀里。

"森，苏菲她？不要带走她，咳咳！"

痛苦不安的神情,眼泪顺着紧闭的眼睛从两侧像下滴落。而在现实中:

"嗨,玛雅……"森站起来俯身帮她擦拭着眼泪,在她耳边轻轻地呼唤着。她微张着嘴唇,似乎在说着什么。

"嗨,醒醒。"森低头再向她靠近一点,还是听不清楚她说些什么,这时玛雅突然一把将他拉入怀里,紧紧抱住他,玛雅柔软的身体,身上独有的淡淡体味,就像毒药的烟雾通过呼吸入侵他的大脑,从未如此的靠近,鼻子贴着鼻子,分不清是谁的呼吸进了谁的身体,长长的睫毛还挂着透亮的泪水,鲜艳的红唇像初开的花瓣,还未触碰就已舍不得离开。感觉身体坠入云中,被柔软包围着飘荡在天空,心脏的跳动失去了规律,狂摆着摇滚的节奏,血液是沸腾中火山的岩浆,它是想把它流淌过的地方彻底燃烧!沸腾的欲望无法遏止地把他吞没,被炙烤着的渴望,撕裂着他的理智,无法控制地想要触碰那一抹红。

森温柔地把她拥在怀里,听她述说着无助,轻抚她的脸,帮她抹掉脸上的泪水,看着她温柔地低下头用唇锁住她微微颤动着的红唇。

"呜……嗯……"玛雅惊慌失措地用力一推,从梦中醒来,森坐在床边专注着她:"谢谢老天,你终于醒了过来!"

她看了一眼森,迷茫地把手放在嘴边狠狠地咬了一口。"啊!"疼痛瞬间袭击了她的身体。

"嗨,你干嘛?!"森慌忙把她的小手从口中拿开。

"我是在做梦吗?"

"感觉怎样？"

"很庆幸它是一个梦！"

"什么梦？"

"苏菲她在哪里？"玛雅不想再提起那个可怕的梦。

"别担心，她没事，就在你的隔壁躺着。"

"谢谢你，我知道你救了我们。"玛雅很高兴听见苏菲安恙的消息，压在心中不能承受的巨石悄然消逝。然而她不知道为何开始感觉有些不自在，或是害羞起来，也许她又不忌讳地想起那个梦里的某些事情。她腼腆地笑着，有些虚弱地从床上起身，森一边起身帮忙扶着她，一边回答她的话："不用谢，我很抱歉，来晚了，让你们受了伤。"

"这不怪你，你也不可能一直在我们身边。"

"也许你说的也对，你……不需要再多躺一会儿吗？"森显得有些慌乱和尴尬，他仿佛不知道自己在说些什么，内心的内疚和自责让他不能从容。

"不了，谢谢，我觉得好多了。"

"身上会有疼痛的地方吗？医生说你没有内伤，也许有些地方会有淤青或着红肿。"

"暂时没有感觉，我们现在是在哪儿？"

"这是我的住处，因为你知道医院不安全，旅馆又不太方便，所以……"

玛雅四周环顾一圈，目光透过六边形的椭圆形玻璃窗望向远处。森看着她蓬松卷曲的长发慵懒地散落在背部，少数几缕不舍胸部高耸的丰满,幸福地依靠其上,深邃会笑的眼睛,似乎在遥望着的幸福的希望,几丝落日的霞光透过玻璃亲吻着她微微上扬的红唇。

"这里很美!"

"是很美……"接着玛雅回过神看向森。"可是我们不会打扰到你吗?"

"不会,就我一个人。"森说着,走到靠床尾的古典雕花檀木柜边,拿起放在上面的一个翠绿的雕刻着人物图画的长颈葫芦水晶玻璃瓶,打开瓶盖,水从里面涓涓流出,注入一个同样材质的高脚杯里,玛雅看着,觉得简直美极了,就像仙境里的琼粮浴液。她挪开视线,又望向窗外,她总是觉得有些的东西总是那么虚幻,好比她现在看见的这些美好的外在的物质和景色。

"我能去看看苏菲吗?"

"当然可以,只是你要先喝一点水。"

玛雅接过水,喝上一口,才发现自己真的是极其需要它,她忍不住把它一饮而尽。

"谢谢。"玛雅为此还感到有点不好意思。她认为她也许不该那样把它喝完,至少会表现得优雅一点。

"再来一杯?"森倒是很高兴,她不知更加让他欣赏的是她美丽外表下无法控制的自然状态。有一种原始的淳朴。

"不用了,谢谢,也许等会儿。"玛雅下了床,森把杯子放好走过来一把牵住玛雅的手。

"走,带你去看看让你担心的苏菲吧!"

他的手在触碰到她的那一瞬间,玛雅感觉自己顿时像拉得很长的皮筋,绷紧的身体仿佛就连呼吸也变得异常困难,心脏的跳动就像狂奔的小鹿,现在该怎么办?拒绝?假装生气?表现自己不是那么轻易让男生触碰?但或许他只是自然的,没有其他意思,或许对于他不算什么!他会因为她的做法,感到无趣?或许他马上就能看穿她的虚假,会认为她不应该做作?可自己心里是什么样的态度呢?喜欢?我猜应该是的,因为没有立即甩开他的手,那为什么要想那么多?真是没用!平静……平静……千头万绪在玛雅脑海里一闪而过。

"干嘛不走?"森回过头来问道,玛雅愣在那儿。

"嗯……"玛雅支吾着,涨红了脸,最后竟然一个字也没说出。

"该死!竟然都不知道该说什么,这是怎么了?!天那!他会怎么想?真是太没用了。"玛雅心里想。

"哦?!你害羞了?呵呵,我又不会吃了你,可爱的!"

"我?"

"可爱的?!"

"走吧!"森调皮地摇了摇她的手,玛雅皱了皱眉头,她为自己像个呆瓜一样的表现感到失望。于是只得像只猫咪很不情愿地被牵着在后面走。而那个霸道的家伙简直就是一堵墙,可怜的"小猫咪"被迫只能看见他宽阔结实的后背,非等他们走完一个地方,她才能大概知道那里的环境摆设,他们基本穿过了四个卧室,一个大厅,一个厨房,一个餐厅,两个书房,外加一条几百米远的走廊,过后玛雅甚至无法记全这一路经过的格局顺序。重点是因为她满脑袋不知道为何总想起一些不可思议的事情。玛雅努力地阻止着任何让她远离现实和自己的声音,她觉得要尽可能地让自己可以踏在实地上,不安的预感总是准确告诉她什么该做什么该想。

前方的门好似知道他们的来去,总会自己打开或关上,如果在这扇门后再看不见人的话,不是因为高科技,就是到了神秘的世外之界。一位和玛雅年龄相仿的漂亮女人出现在他们面前,高挑的身材,蓝色牛仔裤,一件淡绿色蝴蝶结的真丝衬衫,身材看起来简直无可挑剔。她看见森眯着眼睛清甜地笑着,就像温雅的兰花,眼神过滤到玛雅身上的时候,看似没有变化,可玛雅能够感觉到她的笑容里对她散发的冰冷和不屑,眼神只是敷衍的带过,玛雅把自己回应的热情冰冻在半空。她注意到躺在床上的苏菲,她直接走了过去,看着苏菲,一边解冻刚才冰冻的温度。她看着她安静的脸盘,均匀地呼吸着,顿时才觉得踏实起来。

爱在荒漠里发芽

"这才是最重要的。"玛雅心里想着,她伸手轻抚着她高鼓的额头和额鬓周围蜷曲且柔软的胎毛样的毛发。想象着把她当作一个婴儿,像一个母亲的样子,宝贝地亲亲她的额头、脸颊,心里装着满满的幸福,就那样看着她自由呼吸着,然后听她发出快乐的"咯咯"的笑声。

苏菲十指交叉相握着放在胸口,手心里面躺着一块小木牌,连着长长的绳子一直到脖子。玛雅记得苏菲说过,曾经在孤儿院里有个比她小三岁的小男孩,在刚被送到孤儿院时只有四岁左右,那时他每天都哭着吵着要找妈妈,没有人能哄好他。就在某一天苏菲蹲在院子里的墙角边,观察着缝隙里长出的一棵小草,那个小男孩好奇地看着她,然后也学着她的样子,在她身旁蹲下来一起看着那棵小草,苏菲就对他说:"它也没有爸爸妈妈,可是它长得很好,不是吗?"那个小男孩懵懂地看了看苏菲,似乎他明白了什么,从那以后他再也没有哭着要妈妈。接下来他每天都会粘着苏菲,从睡醒睁开眼到闭上眼睡着。有时院里的人给大孩子们上课,他虽然什么也不懂,但还是一样会跟在一边。有一天教他们的老师拿来一块木板和一些工具,让每个大孩子用一小块木板刻上自己的名字和孤儿院的缩写字母,然后制成椭圆形的小木牌挂在脖子上。老师说是为防范当他们长大,离开这里以后,万一有一天遇上什么意外,至少别人会知道你是谁,从哪儿来。当时苏菲也为小萨德刻了一块,萨德就是那个小男孩的名字。但是小萨德拿了苏菲的那块,因为他说这样她们就永远不会忘记对方了。没想到后来,发生了两年后的那次爆炸,除了苏菲,几乎所有人都死了,那以后她再也没有见过小萨德,苏菲说她找了很多地方,因为她总是感觉小萨德还在这里。为了找他,她认识了很多像小萨德和自己一样的孩子,他们也都在努力地让自己活下去,他们就是阿里、阿撒冷、伊万他们。他们都还憧憬着"萨德"(当地语:希望的含义)。

"苏菲,不知道伊万他们今天还好吗?"玛雅望着苏菲说,"等你醒了,我们还要去看望阿里他们。你知道伊万不能很好地照顾自己,我想他每天都希望见到我们的。"

"她没事,她只需要安静地睡上一觉,如果可以的话,等她醒来我通知你。"漂亮女人对玛雅说话,眼睛却一直盯着森。森站在玛雅的身后,一只手轻轻地拍在她的臂膀上,轻声地对她说:"走吧,她会很好,我们等她醒来。"

"我想陪着她,可以吗?"玛雅转过头问向漂亮女人。那个女人没有回答,她用眼神寻找着森的目光,希望他可以替她回答。

"让她睡吧,有些事也许你可以为她做。"森这样回答着玛雅,一边用那只轻拍玛雅的手揽住她,疑似征求她的意见,其实已是另一种隐藏的命令。只是让听着的人有所迷惑,感觉自己应该像他说的那样去做才对。确实是玛雅疑惑地看了看森,她虽然很想留下,但也没有理由再反驳他的意思。她不明白自身似乎有一种类似胆怯的,服从的情绪从她的思想里钻出,身体已不由己地随着他的臂弯预备离开这里,玛雅不舍地回头再次看了苏菲一眼。心里竟然油生几分内疚,好似她本该坚持留下陪她,就算她不允许一丝打扰。漂亮女人继续带着那副会变化的笑脸目送他们离开。被牵着的手,诡异的笑脸,神秘的迷宫一样的房子,玛雅走在走廊上,看着前面那个男人的背影,如果不是那咬下去的疼痛,她是不会相信这不是存在梦里。她感觉自己仿佛吃了迷药,迷迷糊糊随着他来到了宫殿般的大厅,说它是宫殿,不是因为它的华丽,而是它的磅礴气势。两根粗大威武的大理石柱子,仿佛就是站立在山间的巨人强壮有力的腿,玛雅想起了童话寓言故事《阿凡达》中的宫殿,她想要是自己出现在那个故事中,也许只能做为一个侍女吧。在这里不真实的感觉让她觉得不自在,仿佛这里会变成一个吃人的魔鬼把她吞袭,此时她不想再待在这里,哪怕这里是有多么的华丽壮观。她在心里一直重复着要对森提出的疑问,可是很多遍了,她还是没有勇气对她说出自己的意愿。这不是就像是平民的百姓对着当权者们的心态吗?人性中的弱点,畏惧强大。待他们穿过柱子走到一群圆形沙发边,森终于放开她的手。

　　"在这儿等我。"森对她说道,接着他从右边绕过沙发朝对面那幅巨型的万人朝圣的壁画走去,玛雅不知道他想干嘛,只见他走过去面朝着壁画大约两秒又转身往回走来,在过来时顺便在靠墙的柜上提下一个竹篮。

　　"走!带你去一个特别的地方。"他很自然地牵住玛雅的手。玛雅本想说点什么，没想到话到嘴边又只能生硬地和着口水咽下，又只能默不做声的像个等待吩咐的下属。森牵着她往那扇神秘的咖啡色大门走去，紧接着就看见魔法闪现，大门向外打开，一片光亮，层层绿色，大片草地，宽阔的草地，远处的树林，纯净的天空。逐渐清晰的景色让玛雅不禁呆住了，她微张着小嘴，眼睛里闪烁着惊奇的光芒，不仅因为这大门外魔法般的景色，更让她不可思议的，这竟是她梦中的地方。玛雅闭上眼睛，觉得这所有的一切真的太不实际了，她任随森拉着跟跄地走，她不确定地深深呼吸着鼓起勇气再次睁开双眼。

"蓝天，白云，太阳洒落着奇异的光芒。摸不着的七彩的泡泡，一颗颗，在空中飘荡，滚落在小草们的身上……"

"这真的就是梦里出现的那个地方。"玛雅心里想道。

"森，我在做梦吗？"玛雅还是不敢相信。

森停下来，转过身面对着她，他笑着拿起玛雅被牵着的那只小手就往嘴里送。"啊！你在干嘛？"玛雅惊慌失措地挣扎着抽回手。

"我在回答你啊！你自己也不是这样回答自己的吗？"森故意捉弄着她，玛雅害羞地红了脸，低着头看着自己的一只手拨弄着另一只手。

"胆小鬼。"森一边说着，一边用手蜻蜓点水地刮了刮她微微上翘的可爱的小鼻子。

"你……"玛雅被森这突来的调皮惹得有点不知所措，她拨开他的黝黑大手，假装生气地嘟着嘴瞪了他一眼。

"好了,不欺负你了,放松……"喜欢这里吗?"森恢复到正经的样子。

"这里真的是太美了!真是像梦里的地方。"玛雅借机往前走了几步,眺望着远方感叹道。

"如果你相信,就算再糟糕的地方也会有它的美丽。"森似乎看懂了她的心思,他顺着她的视线望去,想象通过它们他就能捕捉到她更深的思绪。但他马上就已意识到那是非常困难的一件事。

"你不是说有什么事我可以为苏菲做吗?"玛雅压制住内心的一些情绪完全以一种过分正式距离似的语气对森说。她就是那样,有时犹豫不决,有时一秒钟意念就能让自己果断坚决。森看着她故意拉长的距离,对着她诡异地笑了笑。

"当然! 走! 先带你去一个地方!"又是那么自然,他再一次贴近她,乘机轻松地抓住她的小手,这次他的手变成了手铐,如果她想挣脱或又趁不备时假装自然逃跑,那都是想都不用想的。玛雅虽然这时有一百个铁定不愿意,也只能无奈地顺了他。森拉着她快速地大步向前走去,微风迎面吹来,黑发被它柔柔地抚向脑后,玛雅只得小跑着才能跟上他,不然估计又要被他拖着走。

"我们要去哪里?!"玛雅上气不接下气地一面跑着一面问道。

"一会儿你就知道了!"也许是因为运动或者情绪高昂的缘故,他们的声音都有些稍稍上扬。森放开了她的小手,因为这时他发现自己已找到了那扇防止她逃离的门。看着她,就像放任一只急于翱翔天空的大鹰。在这片无拘无束广阔的自由里,他们走着走着,跑着跑着,也就慢慢忘了世俗的情绪,只有天,地,尽情呼吸的空气,青草的气息,远处奔向的树林,翱翔愉悦的老鹰,自然的一切生命。

这一刻不管是否是梦,只要它曾经赐予你。玛雅感受着这无法拒绝的自然的诱惑,忘我的尽情投入其中。她奔跑着,跳跃着,已然一只调皮的小鹿,挥动着手臂,黑发随着她的欢快旋律美丽地舞蹈着,森注目着她的一举一动,此时他已分不清她是她,还是她是自己,他把她当做了自己,把自己当做了她。他认为他们原来追寻着一样的东西。他们相继追逐着,脚踏在草地上,奔腾而起,落在黄色沙土上,一棵棵的椰枣树像家长们一样幸福地看着孩子们玩耍,嬉戏,为他们遮去多余酷暑的阳光,只留下几缕为他们着色。

"等等我!"森落下玛雅,顾着一个人向前跑去,玛雅在后面大声呼喊着。

"快到了!加油!"森回过头应道。

玛雅用手触摸着每一棵她经过的椰枣树,那是她对它们友好的招呼方式。

"到了!"随着森的欢呼声,玛雅也紧跟着挥手告别最后几棵陌生的朋友,冲出林子。

眼前的景象!玛雅再一次惊呆了。她想起几天前苏菲带她去了阿里那边之后,见她情绪低落于是就带她来到了这里,原来就是椰枣林后的这个地方。这里的地势较林子和草原是低凹进去的。出了林子是一块稍许往下斜的平地,长着稀稀拉拉的长根野草,接着再往下走又是一大块不平坦的地面,上面有各种黄沙堆,再往前看就是凹进去的淡绿色的"湖泊",远处周围都是奇形怪状的山丘,其中正对小树林的最为奇特,看上去像是一个男人撑着腮帮在沉思的侧面。

"我来过这里。"玛雅沉浸在那天的记忆中自言自语道。

玛雅记得苏菲带她来是从林子对面那个"沉思者"山丘的夹缝中绕进来的,当时苏菲带她去了那家车子修理店,然后向他们借了那辆苏菲经常开的老式摩托车。她载着她不知绕了多少条相似的小街才出了城。然后来到一片广阔的黄沙土地,开了一大段路,之后又出现了很多大同小异的山丘。玛雅现在想起来,那来回的路对于她简直像是迷宫。

"什么时候?"森听见了玛雅说的话,回过头来惊奇地问。

"就在几天前。"苏菲看着远处回答着。

"她带你来的?在没有回旅馆的那个晚上?"

"嗯。"玛雅轻描淡写地回答他。森想起那天心里掠过一丝不悦。那天他看见她出去,心里又跑出来那些莫名的牵肠挂肚的情感,他放心不下,于是只好又一次可笑地让自己偷偷摸摸地跟在她的后面,在她们快到阿里那里的时候,忽然手机震动,待他接完那个电话,她竟然从他眼前消失了。从那一刻他每一分每一秒都在担心她,虽然他不懂这该死的感情从哪偷偷钻进他的心里。他着急懊恼地到处找她们,连个人影都没看见。最该死的,是晚上竟然都还没回来。一晚,到现在他都还是不敢去想那空洞痛苦的一晚。除了小时候的那一次,他再也不知道恐惧是什么样子,直到那一晚。他知道她和她在一起肯定没事,但不知道为何就会失了魂,一个人坐在监控器前,盯着屏幕看了一晚。在之后的几天不见她的时间里,他只允许自己只要记住那次她回到旅馆见到她的样子,那样就可以填满他的心安,他要知道最终她都会平安出现在他眼前。

电梯门打开,玛雅一边抬头一边走出电梯。

森站得笔直的在电梯口等着玛雅,他想着当他见到她的时候,等她一出来就把她紧紧拥在怀里,如果她想说话,就用唇封住她的小嘴。

"啊!"玛雅被堵在电梯口的人墙吓了一跳,差点就撞上他,"是你?"

"是我……我……准备下去!"森像卡带一样对玛雅说,他不是紧张,是愉悦,见到她好好的,还可以大叫。他的心终于可以沉下了。

"我吓到你吗?"

"看样子是我吓到你了?我先下去了。"森一边说着一边进了电梯。玛雅冲他笑了笑,森还想说点什么电梯门已经关上了。

森离开回忆,看着玛雅就在他身边,这才是让他最满足的。他不管那个人想要什么,想他和他一样,但这些现在并不重要,他只知道眼前这个女人,从一出现在他眼前,娇小忧郁的样子,他就触动了,纵然他曾假装看不见,在那么短的时间里,她就像个魔鬼渗透在他的每个细胞每条神经里,原以为他本是个冷血的人,就算什么样的生命在他面前倒下,他也不会有半丝感情。可当他看见

114

她,为了她,他不禁去做让他鄙视的卑鄙偷窥的小人,看见她每晚哭泣的痛苦,孤独无助地缩在房间的角落,像死去了一样躺在床上一天一夜,他虽然不知道为何如此,可他竟觉得心疼,觉得自己懂她,从关心,到担心、心痛,这一切来的都是那么不可思议。她的喜怒哀乐无意勾起了他活着的希望。

"你知道我没回去?你知道我出去?"

"我们会关注旅馆里所有人的安全。"这样无关痛痒的谎言他是拈手就来。

"为什么?"

"我们要为此负责。"

"是吗?哦。"玛雅一边和森说着,一边在想着一些觉得奇怪的问题。

"我们下去,到湖边,左边有个小房子,你应该知道的。"森提着竹篮走在前面,不一会儿他又回过头来,"小心,斜坡前面有土堆。"

"嗯。"玛雅虽然嘴里答应,但注意力完全没有放在上面。她走着,那个小土堆就在她眼前,她望着远方,双腿拖沓着脚步,最后还是绊上了它,她失声尖叫,身体失去平衡向前扑去。森闻风转过身来,机敏地一脚向上跨步,张开双臂,用身体把她接住。玛雅整个人跌倒在他的怀里,像只受惊的小猫,力所能及用的四肢抱紧带他脱离危险的主人。她的手扣紧他的脖子,双腿跨在他的腰上,双脚交叉着。森一只手紧搂着她的细腰,一只手提着竹篮用其臂力挡着她的身体防止滑落。玛雅轻轻喘着,身体的紧张还未缓和,目光碰上他棕色深邃双眸，就像掉入无底的深潭，身体隔着单薄的衣衫紧紧地贴在一起，思绪从一座山飞跃到另一座山，她意识到自己姿势的难堪，让她感到些许尴尬，内心跑出一个像似系统警察的声音立马对她发出警示，但她告诉它，她是多么的不想离开这身体，不想停止。她把它关进了监狱，时间停止了脚步，四目交纵缠绵悱恻，彼此感受着对方的气息，她心里的那些抵触，顾虑，矫情也都知趣地退回自己的小屋。来到平地，森放任手中的竹篮掉落在地，他迫不及待地想要双手抱住她，用手指去触摸她的秀发，她温软的肌肤，他知道自己已被她带走，那个只属于她的地方，他感到孤独，因为遇见她，他急迫需要感觉她来消除他一直忽视的恐惧和孤独。他低下头，他的手停在她的脸颊上温柔而又饥渴地爱抚着，鼻子紧随手指通过呼吸的大门嗅着她肌肤散发的气味；嘴唇、脸颊，都迫不及待想要轻柔抚摸她的发际、眼睛、脸盘、红唇，她的每寸肌肤；她无法抗拒地沉醉在他的柔情里，接受他的每寸触摸，她的手微微颤抖着滑落到他结实的胸膛，指尖轻轻地拨弄着，她的唇似有似无地触碰着他的手，挑逗着他的心跳，若即若离，让他在熊熊烈火中无法控制的时候，却又立刻逃离他的捕捉，这燃烧的火似乎是没有了尽头，平静的湖面就算没有风的抚慰，此刻也要泛起涟漪。

"哦，对不起，我……"就在要被捕捉的那一刹那，那个它从监狱里突然逃出冲破她的体内，她的所有欲望瞬间被它投入那个监狱，她听从它推开那个耳鬓厮磨的他。

"没有，是我……无法，你知道我……"带离他的人此时忽然一推，又让他回到了现实。他似乎觉得好像被抛弃了，连说话也变得笨拙起来，他的眼神赶忙看向别处，怕她会看出他的慌张。

"这是什么？"玛雅觉得顿时轻松，就像打赢一场胜仗那样，那些紧张，拘谨的感觉也一消而散。她为成功的自我控制而成为主导者感到愉快。

"给你带的食物。"森假装轻松地回答她。

"太好了，我还真的是饿了。"他们俩就这样假装若无其事的样子。

"我们去那边吧。"森一边说着，一边提起地上的竹篮。他走在前面，她跟在后面，他看起来没有什么不妥，只顾着自己往前走。玛雅忽然觉得有一丝失落。但她很快就编辑一些原因说服了自己。左面的那座小房子是用大块的石头搭成的，一扇倒"U"形的木门，刷着像湖水一样碧绿的颜色。在它的左面有一座搭建的凉亭，由四根男人小腿一样粗细的木头做柱子，左右各分开前后两根，顶棚是木板加水泥加薄薄的砖块，然后周围插入一根根青色长槽形瓷条围成一圈，苏菲告诉她在下雨的时候雨水会流入那些瓷条，当里面盛满之后，就会成一条条小柱顺流而下。四根木柱靠着一张长方形的榻，用土砖垒成，上面铺着当地特色彩色花纹的瓷砖，看起甚是精美。森在靠右边的木柱边停下脚步，把竹篮放在榻上，然后拿起上面的白色盖布打开铺在榻的中间，玛雅站在旁边默不作声地看着他，一股久违的香辣蒜香味飘散而出，惹得她不由自主地吞咽着口水，只见森从里面端出一个亮白的高脚深口大瓷盘。

"辣子鸡？"玛雅惊讶道。森抬起头对着她调皮地眨了眨眼，接着又拿出一小碟腌橄榄和一瓶柠檬水，外加两个矮胖的玻璃杯。

"这不会就是我为苏菲做的事情吧？"

"对，请吧。"森得意地用上他那迷人的坏小子式微笑对她说。

"哦。"玛雅盯着盘子，慢吞吞地走到它的左边傍近坐下，她踟蹰着久久不动，森在一边急促着。

"吃吧！"

"我……"

"怎么？不喜欢吗？"

"没有……"玛雅一边说着一边不好意思地比划着。

"哦！原来是这样！"森说着把手伸进竹篮。

"对不起！没有带！你只能用手了！"他拿出手无辜地在胸前晃了晃。玛雅失望地瞄了瞄那边的竹篮犹豫着，森在一旁暗暗偷笑着看着玛雅尴尬的样子，玛雅用右手撑在榻上，左手伸向食盘，用大拇指和食指准备夹起最上面的一块炸得金黄色的鸡块，她此时看着它们很想很想来上一大碗白花花的米饭，口水已经快要把口腔灌满了，眼看就要夹起那块香喷喷的鸡肉。

"哎！等等！"森突然神秘地对着她叫道，玛雅的手停在食物上，抬起头看着他，只见他像魔术师一样在空中挥舞着双手，嘴里还发出像"嗡嗡"的声音来给此伴奏。

"嗨，你在做什么？"玛雅看着他的样子觉得有些滑稽。

"变！"森又大叫一声，两手相对弯曲并列着，然后慢慢滑开，右手从左手的小臂下滑出一双米白色的中国筷子。

"请。"他自行得意地把筷子递给玛雅。玛雅笑着摇了摇头接过它。

"嗨,你这样很可笑呢,我能看得见!"玛雅说着抬起一只手的小臂,示意用筷子的中段敲了敲它的下方。

"真的吗?"森不太相信地问。玛雅顾着吃着盘里的食物,没有嘴巴来回答他,看也顾不上看他就点点头当做回应。她一夹接着一夹的,似乎忘了他人的存在,他在一边似笑非笑地看着她专注吃食的样子。当她辣得发出"嘶嘶"声音时,他也不禁随着她"嘶"的一声。过了一会儿大概是差不多饱了,这时她才意识到旁边的人一直待在那儿,她夹起剩下不多的几块小的中的一块,对着他不好意思地傻笑着问:"你要来一块吗?"

"哼!吃完了才想到我。"森说着,拿起一只杯子去倒玻璃瓶里的水。

"对不起,太饿了。"玛雅一边说着话一边夹着鸡肉往他的嘴里送去,他刚要说话,鸡肉已塞进他的嘴里。

"啊!"他还没咀嚼,就惨叫一声把它吐在盖布上,一下子跳了起来,在边上来回走着,不停地吐着舌头,发出"嘶……哈嘶……"的声音。

"哈哈哈哈!"玛雅看着他那样子,在一边笑得东倒西歪。

"你这小坏蛋!"森见她嘲笑自己,朝她骂道。

"对不起,我不是故意的。有那么辣吗?"玛雅端起满满的两杯水走到他跟前,递给他一杯,然后扮成无辜的样子,抿着小嘴可怜巴巴地望着他。

"没事，我会原谅你的。"森接过水一饮而尽，然后拿着杯子一晃一晃地向玛雅靠过去，他坏笑着盯住她的眼睛，他向前走进一步，玛雅就向后退一步。

"你想干吗？"玛雅咽下一口水，把杯子抱在胸前笑着问。

"你说呢？"

"你别过来，呵呵，我真的不是故意的。"玛雅在说着，森突然向她扑过来。

"啊！哈哈哈……啊！"玛雅慌乱地大叫一声，往旁边一跳，转身就跑。笑声像拴在她身上的铜铃，伴着她的脚步汇成一曲清脆而又欢快的旋律。她一边跑着一边回过头来看他，他紧跟在她的后面，几乎可以伸手抓住她飘扬的裙摆。

"啊！……不要啊！"玛雅加快了速度，突然，一只大手从后面一把抓住她的手臂，另一只手跟着从后面一把将她抱住，她的手臂都被锁在他粗壮有力的臂膀下。

"哈哈，你这小坏蛋，看我怎么收拾你！"

"啊！放开我！坏蛋！"玛雅像被拎起的小鸡，无奈地用力蹬着双腿。

"哟？还会骂人？嗯，好的，很好！"森抱着她像是在闲逛似的，慢悠悠地走着。

"你想干吗？"

"你猜！"森说着停了下来，他面对着湖。这里已到了湖的另一边。

"你热吗？"森望了望平静的湖水，把嘴凑到玛雅的耳边故意温柔挑衅地问道。

"我告诉你,你要是敢把我扔到湖里,我……啊……我不会游泳!"玛雅意会到他接下来会怎么做,她着急地奋力挣扎着一边大声抗议道。

话还没落音,玛雅"扑通"一声狠狠地砸向水面,湖面顿时笑开了花,被激起的水花快乐地转着圈圈相继腾向空中。一波未平,一波又起,

"扑通"又来了一个,这下寂寞着的湖水终于热闹起来,沉入水中的玛雅,紧闭着双眼和唇,但调皮的湖水在她进去水中的那一刹那,趁机钻入她的鼻子,玛雅惊慌地挣扎着,头发凌乱地飘落着,裙摆被水排挤着向水面浮去,露出胸部以下白花花的肉体,纤细的小腰扭动着,带动双腿下意识地向外蹬着,小手随着水力起伏偶尔露出水面扒拉着,就在她无法持续憋气,将要张开紧闭双唇之际,一双手握住她的小腰将她举出水外,在她的嘴唇离开水面那一刹那,她迫不及待地打开了呼吸大门,吸取救命的空气,同时也把顺带的湖水一起吸入,与此她感觉一阵疼痛从她的鼻腔和喉咙相通处传出。

"咳咳……"眼泪带着鼻涕和湖水在她咳嗽时宣泄而出。

她抱着他的脑袋,很紧很紧,她把脸贴在他的头顶上放声的哭泣着,不是因为溺水,是为被救出而哭泣,她喜欢这被救赎的感觉, 曾经人生中她无数次渴望着。在本是期待被爱却被抛弃、虐待、轻视、孤独这一切就像一个黑洞一直将她囚禁,像一直在不停地溺水中。

"对不起。我竟是这么愚蠢！"

　　森看着她委屈的样子心疼地责怪着自己。玛雅啜泣着，她需要更多的爱抚，她把脸紧贴着他的头顶向脸部滑下，鼻子嗅着他的味道，她用唇轻轻地吻着它所触碰的每寸肌肤，森抬起头，唇抚过她的脖子、喉咙、下颚，直到他和她的相遇，他们望着对方，诉说着彼此……

　　湖面暂时恢复了平静，也许他们已经完成了他们的任务，不想打扰到此时的美好。只有在水下，有一些不懂世事的五颜六色的小鱼看热闹似的围在他们的身边，有的甚至还不害臊地参与进来，他们互相吻着露出的雪白肌肤，有的还调皮地玩起了躲猫猫，旁边的水草也忍不住扭动着腰肢和他们一起舞蹈着。太阳快要落山了送走直了最后一丝光辉。

难以预料的变异

"苏菲?"突然一个声音响起,大家都停了下来,水面上玛雅望着那边,椰枣树和小湖中间的斜坡上,苏菲站在那里,朝这里看着他们。

"苏菲!"玛雅开心地大叫着向她挥舞着小手,不知为何苏菲转身就跑。森把玛雅抱上地面,玛雅倒了倒满水的靴子,撒手就去追苏菲,苏菲冲进小树林,玛雅在后面一边追着,一面叫着她的名字,她的后面跟着森。

"玛雅,等等!"

"苏菲!"

三个人连成一条线穿过树林来到草地,苏菲在前,很长距离后是玛雅,森紧跟着玛雅。

想着苏菲,玛雅蜷坐在旅馆房间里的地砖上,背靠着床沿边,双手抱膝让脑袋埋在其中,似乎那种空洞恐惧的感觉又回到了她的心里。

"她到底怎么了?她明明知道我在叫她,为什么要跑?她生我气了?我做错什么了吗?"玛雅在心里一遍又一遍地问着自己,越想她就越急,她那种让自己受罪的钻牛角尖的性格此刻已是掌控大局,她觉得自己现在一秒钟都要受不了了,可是她还是极力地压抑着,试着转移一点注意力,她指望时间可以快点过去,她不停地看着墙上的时钟,可是这时它却变成了撑着拐棍的老人,玛雅叹着气,眼泪不知为何就滚落下来。

"已经一点多了,她不会回来了。也许明天她会一大早就来找我,要不她会在阿里那边等我。"玛雅想着,试着给自己一些安慰。透过屏幕,森抽着烟看着玛雅,思绪混合着烟雾妖娆迷蒙地飘散在空气中。时间走得又慢又快,玛雅从负重的睡梦中突然醒过来,心里的空洞让她睁开眼就长长地叹了一口气。她不知自己在等待中何时睡去,她坐起来,看见身上盖了一条毛毯,突然间觉得轻松了,她想着苏菲也许回来了,于是立马站起来迫不及待地四处搜寻着她的身影,腿因为一直屈着有些发麻,她把毛毯随手扔在床上,一拐一拐地走着,一边走一边唤着她的名字。始终都没有人应答,她想也许她故意不出声,想要作弄她,于是她又去了浴室,窗帘后,衣柜里,能看的地方她都看了。直到希望慢慢地又凉成了失望,她只好认为是自己迷糊去中拿毯子。虽然心情又变得糟糕,但她还是努力地安慰着自己,收拾好自己的心情,她来不及梳洗,拿起桌上的杯子喝了点水,就准备下楼去。

她走向吧台,又走到旅馆门口,询问着任何见过她们的人,她失望地又往四周看了看,希望有可能会看见她。她不在这儿,她肯定地告诉自己,下午要去阿里那边,也许她在那边,小伊万不知道怎么样了。玛雅一边想着,一边又走回吧台跟那位熟悉的小服务生招呼着:"您好,今天中午我要的另外加送的食物,请别忘了,还有就是如果我不在,苏菲来了,麻烦你转告她去阿里那儿找我,谢谢你。"

"没问题,很高兴为你,祝你愉快。"

玛雅对着友好的服务生也很难挤出一丝微笑。

回到房间,玛雅坐在书桌前打开笔记本,她咬着手中的圆珠笔,想要对着它说点什么。

苏菲:

你突然不理我,把我一个人扔在那里,我很失落,一下子心里又落空了,我现在不想让自己胡思乱想,又无法控制。我有什么办法呢？也许我该想想森,虽然我似乎现在没有心情去回忆昨天的甜蜜,但也不能否认有的时候,当我面对他的时候,我就像个小女孩一样动心了,我喜欢离他很近,近得可以不需要距离。可是我总是在某个时候会警告自己,不可能！不可能！然后当他不在我身边,我就会把我锁进监狱里,会对以往发生过的都无动于衷。因为我的心只在房间的窗户里向他观望,因为只要我向着别人打开心门,进来的可能会是任何东西,就像现在一样,也许我还是要学会给予,学会承受失去。最重要的是要学会放下自己！现在我的依赖心太重,对于你,就像你在拯救溺水的我,如果你扔下我,我又该怎么办？我有了希望,有了被爱的需要,一下子有了那么多彼此重要的人,有苏菲你,还有伊万、阿撒冷、阿里、伊万他们需要我,对于他们,我照顾他们是我的责任和荣幸,而我不能离开你,我现在感觉如果你不理我了,我是多么的害怕我一个人。也许这是不可思议,难以理解,但是现在事实就是这样。

玛雅写完感觉心平静了那么一点,她走到窗边,拉开窗帘,阳光倾泄而来,玛雅透过窗户,望着这个神秘的城市,突然觉得一切都会美好起来,因为天上还有太阳普照。

　　"我喜欢太阳,也喜欢这黑色布卡。"玛雅一边走着一边想道。她跟着记忆走在那些苏菲带她经过的小街小巷,一栋栋低矮的房屋,想象着她就在前面,拉着她的手,而太阳在头上跟着她,她不明白为何变得胆小了,她让自己完全不要去看路上经过的人,就像这路上本来就只有她一个人,但内心的紧张还是逃不过,她越走越快,汗水就像泉水一样向外冒,纸袋被手捧着的地方几乎被汗水浸湿,路边不知何时跑出一个大脑袋的家伙紧缠着她,两只大眼睛占了整个身体一半的位置,它"嗡嗡"地对着她叫嚣,难道它想抢劫?玛雅不屑地把手往衣服上擦了擦,丝毫没有理会它的存在,就当多了一个赶路的同伴,她计算着还要走上几条街才会到,一条,两条,三条,左拐,终于看见"T"字路口那栋废墟了。玛雅终于松了一口气,她高兴地对它说道:"嗨!谢谢你,绿头蝇,如果你还愿意跟着我的话,阿里他们为你准备了很多适合你的美味!"说着玛雅飞快地向前方奔去。

　　"伊万!伊万!"门没有锁,玛雅推门而入,一股粪便的味道扑鼻而来,绿头蝇并未离去。

　　"我想这是为我准备的。"玛雅屏住呼吸微皱着眉头对它说道。

　　伊万在屋子中间,玛雅走过去,他看见玛雅羞愧地低下了头,看着自己的颤抖着的小手。上面沾着稀拉拉的黄色黏液,带着洋葱的恶臭味争抢着通过呼吸钻进玛雅的鼻孔，一刹那玛雅几乎想要呕出来，她竭力忍着，屏住呼吸，蹲下来摸了摸他的头，鼓励他抬起头来，然后给他一个温暖的笑脸："没事，小傻瓜，我小时候也经常干这个！"

虽然伊万听不懂，但看着她笑的样子，也情不自禁地害羞地笑起来，好像他能明白她的意思，他也唧唧喳喳地说着。玛雅抱起他往旁边看了看向后院走去，路过顺便把食物袋放在沙发上，伊万懂事地保持着双手尽量不要触碰到玛雅。玛雅把他和背包一起放在井旁边的椰枣树下，然后找来一个很大的油漆桶。她用绳子掉着小桶往井里打水，直到大桶的水快要盛满，接着她又吃力地把整桶水挪到椰枣树下，从包里拿出一块用纸包好的香皂，剥掉上面的纸巾，放在鼻子前闻了闻，再把它放在伊万的小鼻子下方，让他也闻一闻。

"这是香皂！带过来正好可以用上。"玛雅得意地说着。一边晃动着那只手，伊万兴奋地嗅着，小手不能去拿，只能用鼻子不舍地跟着移动着。接着玛雅帮伊万脱去身上的衣服，在她碰到他肌瘦的身体时，他怕痒得发出一阵阵"咯咯咯"的笑声。玛雅先用手兜出水让他洗掉手上的粪便，接着再把他全身用水淋湿，用浸了水的香皂抹满整个身体，伊万开心地一直笑着，还害羞地遮住自己的秘密的地方，坚持那里自己洗，看着他快乐单纯的样子，玛雅觉得很欣慰，但看着他失去双腿的幼小身体，同时又暗自心疼，她轻轻地帮他抓着头皮，他调皮地把香皂泡沫都抹在脸上，然后对她做出各种怪脸，逗得她也无法控制地哈哈大笑。玛雅把水泼在他的身上,冲掉上面的泡沫,最后把他整个人抱起扔进水桶,水花四溅,混合着"咯咯"的笑声,这也许就是一种幸福的声音吧?飞溅的水花它也能听得见,看!它把它传给了干渴的椰枣树。太阳快要回家了,天空上的雄鹰却似乎还想在外多逗留一会儿,这时不知道苏菲在哪儿。玛雅想着,背靠着椰枣树望着远处的天空,躺在怀里的伊万在闻着自己手上遗留的香皂味中,微笑着睡去。相机里储存下流水的片刻,洗好的衣服在空中跳着绳子舞,房间、床铺在清洁中,已是一片清新和洁净,伊万嘴角往上扬着,脸颊红扑扑的,玛雅给他盖上一小块衣物在肚子上,亲了亲他的脸颊。她本想等阿里回来再走,但是天就要黑了。伊万睡得很香,玛雅感到一种满足的幸福。她拿好包,轻轻地向外走去,尽量不要发出声音,以免吵醒他。此时白天已在向黑夜过渡,前面的路非常冷清,带着些许死寂的味道,太阳和绿头蝇也都各自走了,玛雅想着感到有些害怕,她加快了步伐,但总觉得路似乎变得遥远起来,有那么一瞬间她还甚至埋怨起苏菲来。她警惕地观察着前方所能及的视线范围,时不时还回头看看,因为她总感觉背后有人跟着,还好已经快要走到那条必经的大路,玛雅默默自我安慰道:"就在前面,走过这一条街,很快,下条街就到了,看!就还只剩这一条街了。"呼吸声在这寂静中也能和脚步声一比高下,没有人还好,有时突然出现一个人,玛雅就觉得心脏立马跳到嗓子眼去了,直到完全不见了那个人的身影,到了!玛雅很远就能看到那条在前面横着的大街,隐隐约约的人们,这路上开着一些生活所需的小店,在看来还算平稳期的日子一般都开着,因为不管怎样,人们还是极度渴望

128

能过上平常的日子,所以来往的人还算不少的,人群让玛雅敏感的情绪暂时分散了一点注意力。但事情总是变得让你难以预料。

　　街上来往的人大多数应该是赶着回家的,嘈杂的大街看似还有些生气。一辆小卡车按着喇叭呼啸而过,旁边卖食物的小店一个长胡子的大叔摇动着手臂大声地吆喝着,只是路人们还是看得出是谨慎的。这时三个衣衫有些邋遢的年轻人对面走来,有些匆忙,接着他们身后传来杂乱的叫喊声,人群有些骚动不安起来,只见他们越走越快,声音也越来越近,他们突然向她冲来,"砰砰砰……砰砰"顿时尖叫声起,现场阵阵混乱,走在最后的一个人已经倒下,其中一个人慌乱之中抓住经过的一个路人挡在身前,一边大声吼叫着,一边扒开长褂露出捆绑在里面的计时炸弹,剩下围观的人们吓得四处逃窜。"砰砰砰砰……"枪声刹那间像雨点一样扫射过来,穿过人质的身体。让人难以置信,就是那么轻松地,那些子弹射进人的身体,然后他们就慢慢地倒下了,两个生命,从出生时的婴儿,到儿童,再慢慢长成大人,这需要多长的时间和多少人的心血,就在这慢慢几十秒钟就结束了,一切都归零!那个被当作人质的是一个可怜的瘦弱女人,大约三十几岁,不知道她是否有孩子,或是其他的家人,满身的弹孔还在往外淌着血,嘴巴张得很大,里面也在冒血,眼睛也睁得大大的,实在惨不忍睹,玛雅惊恐地看着这一切!

　　"她应该是一个人上街的,她为什么要偏偏这个时候在这里出现?"玛雅为这个可怜的女人心痛,她恐惧地躲在后面,两腿难以控制地哆嗦着,穿制服的走过去看了看,又钻进了人群里,没有人在乎那个无辜的女人,他们在搜查漏掉的那个人,玛雅看见那个人混在人群里,接着转身就不见了,他蒙着面纱,似乎身影隐约有些熟悉。

"苏菲?不可能!"玛雅突然被自己这一猜测吓到了,她不敢再往下细想,她为自己的无能为力已经感到可悲,事情已经够可怕了,此时她才真正感受到有些事,只能气愤,难过,除此你只能看着,什么也做不了!

玛雅想着赶快逃离此地,她转身就走,但是不敢跑,怕被当作逃犯被击毙,还没走多远,"轰隆!"一阵爆炸声响起!一些尘土碎片从空中撒下。玛雅觉得脑袋一片空白,这时不知从哪儿闯来的一个人一把抓住她的手臂:"别回头,跟我走!"

"苏菲!?"玛雅惊讶地小声叫道。

苏菲没有想到在这里还会遇见玛雅,记得昨天在城堡里醒来的时候。

"我怎么在这里?"苏菲晕晕乎乎支撑着坐起来。

"玛雅呢?"

"小湖边呢,这时她应该比谁都要开心。"漂亮女人回答她说。

"哦,我去找她。"苏菲说着刚要下床,传来一个男人的声音。

"是不是,人过一种生活久了,就会真的认为,她就得过那种生活,就会忘了自己原本是谁?完全沉浸在自我的安逸中。苏菲,你认为呢?你以为你就是你的?你忘了你不属于你自己,你所有的一切都是你的上天所赐予你的,你的身体,你的能量,你的思想,它们不是为了满足自己的愿望。"苏菲望着门上角墙壁上的监控头,听着他发出的每个音符。从前有时候暗地里她也偷偷怀疑过他的那些导训,但每次都会心虚,就像是小偷在做坏事害怕被人看见一样,她觉得每当她有那种想法的时候,总会有一双眼睛在看着她。而现在,其实在心里她已经否认了他刚说的理论,但是她还是得照着去做,因为她没有别的能力,摆脱原本命运就安排的一切。就像一只蚂蚁没有办法移动一座山。

"你要回归你本该做的事情上来。我希望你能明白,和任何人来往,有时候对别人来说也许会成为一种灾难。"

那个男人说完,叫莎拉的漂亮女人继续向她传达着他们要她做的事情,她的世界瞬间又回到了那个冰冷的像太平间一样的长格子房间里。里面的生命都是在等待一次属于自己的"圣战"。可是那时候,她不会害怕也不会悲伤。逝去生命对于他们犹如一种"荣誉",现在他们唱着这"圣歌",可为什么在她听来却变成了谎言,难道真的是贪图安逸,自我堕落了吗?她的心现在会因为害怕心脏停止跳动而伤痛。苏菲想着变得痛苦纠结起来,她来到湖边看见玛雅,但是她是真的不能再见她了。没想到在这里还是遇见了她,给了她一个机会道别,可是她又该怎样对她说,她不想告诉她真相,因为玛雅在来这里之前已经经历太多晦暗,她想只让她看见温暖和美好,而现在,她只能莫名地让她离开,让她又一次失望。但至少她还会活下去,还会看见希望。

一路上苏菲神色凝重,回到旅馆,关上房门,苏菲就紧张地对玛雅说:"你得尽快离开这里!"借着灯光玛雅看见她憔悴不堪,两天不见,眼睛里满是红色血丝,眼袋浮肿着,脸上脏兮兮的样子,神情里透露着说不出的沉重。

在回来的路上,玛雅就已感到不安,现在听苏菲这样一说,她觉得愈加紧张起来,她预感到一些不好的事情,却又无从证实清楚。

"刚刚跑掉的那个人是你?"玛雅试探地问。

"不是!"

"你怎么知道有人跑掉?"玛雅继续追问道。

"是你在问我!"

"不对!那个人就是你?"玛雅用严厉的眼神盯着苏菲,其实她只是猜测,她也不敢去肯定,除非苏菲亲口告诉她。但她希望苏菲告诉她不是!

"我说了不是!"

"那你为什么会出现在那里?"

"就像你出现在那里,一样的原因!"苏菲回答玛雅,却不看着她的眼睛,他们俩都站在门边。

"不对,我总觉得你有什么事在瞒着我?"玛雅还是紧追不放。

"是有一些事情,玛雅你得听我说,我现在没有办法和你解释这些,但不是你想象的那样!"

"不管怎样,我认为你需要告诉我!"

"我现在不能告诉你!你得尽快离开这里,最好明后天就走!"

"原来你来这里就是想让我走?我不能这样走!"

"就算我求你了!玛雅!"

"你不告诉我,除了这里我哪儿都不去!"

苏菲不知道怎么回答她，她双手烦躁地揉搓着自己的太阳穴，很难受的样子。

"这里很危险！"苏菲越发不知道该怎样说服玛雅，这让她又急又难受。

"这是在来这里之前我就知道了！"

"还有你不知道的危险！"

"那你告诉我！"

"我不能告诉你，但你得相信我，必须离开！"

"为什么？你不告诉我！我是不会走的！"玛雅坚决地对苏菲说！

"唉……啊！"苏菲大叫一声，狂躁地拍打着脑袋，像一座快要爆炸的火山，她不知道该怎么办，反正不能跟她说。

"你别这样，好吗？"玛雅上前拉住她那只手。

"那你答应我！"苏菲恳求道，玛雅没有说话，放下她的手，转身朝书桌走去，苏菲跟过去又追问道："请你回答我？"

"你让我怎么说？好吧？我走？让你一个人留在这里？还有伊万，阿里，阿撒冷他们？"玛雅显得有些生气。

"我会照顾他们。"苏菲说。

"你会？把他们照顾得像你一样？"

"当然。"苏菲在回答玛雅这句话的时候特别的小声，因为她知道事实是怎样，虽然玛雅还不知道阿里他们的事，但她还是无法面对心里的愧疚。

"从此我们就当做从未认识过，对吗？"

"我们永远不会忘记你的,玛雅。"

"哼,我不需要你们记得我。"

"你还是不肯走? 对吗? "苏菲说完,走到床尾边坐下来,双手抱着脸。

"你还是不愿意告诉我? 对吗? "

玛雅说完,倒了一杯水,转过身看见苏菲无助的样子,心里非常担心,她走到她面前蹲下来,摸了摸她的头。苏菲把头抬起,皱着眉头,脸上还留着一丝未擦干的泪痕。

"喝吧。"玛雅把杯子递给她。

苏菲看着她接过水杯,低下头,咬住杯口,把脸颊埋在杯口,过了一会儿,远处忽然传来一阵枪响,苏菲触电般的立马起身,转头看向墙上的时钟! 天花板上白色灯泡发出的惨淡白光,让一切看起来是那么的诡异和难受。玛雅希望苏菲能和她说点什么,但她除了告诉她让她离开这里,什么也不愿意透露,玛雅在心里干着急,她看着她,她不停地看着时间。此时对于苏菲来说,每一秒都是那么的珍贵,却又是如此的煎熬,不能告诉玛雅真相,无法说服她离开这里,她真的不知道自己该怎么办? 她早就知道总有那么一天的,在她被森格收养后。虽然曾经森格在森的面前起过誓,说不会让苏菲去做任何她不愿意的事。可还是有这么一天,来得这么快,在这个时候,在她知道生活可以像椰枣一样甜的时候。原本就算有那么一天,对于她来说也是简单的,本就是生与死的问题,可现在不知为何变得这么复杂。因为有人闯了进来,应该说是她让她进来的,她以为救了她,以为没事,一切都是以为。她又要怎么对她说阿里和伊万的事。

时间"滴答""滴答"地走过,看着她焦虑不安和沉默的样子,这让玛雅感到难受,现在的心情就是看见危险在向苏菲靠近,却只能像个木偶一样看着。空气中的不安,让人欲要窒息,玛雅实在无法忍受,她走过去拽了拽苏菲,刚要对她说,这时楼下又传来两声枪响。苏菲立刻就像拉响警报的兔子,拨开玛雅,冲到窗户边,扒开窗帘,往外紧张地张望着。玛雅跟在后面。楼下什么都看不清楚。

"怎么了?"玛雅在后面着急地问。

"我得马上离开这里!"

"你不能离开这里!外面肯定很危险!"

"不行,我必须得走。"

"你疯了?!我不会让你走的!"玛雅说着,跑到门边,把房门打上反锁,挡在当中。

"玛雅,你得听我的!你一定要离开这里!"

"我不要听!"

"还有,你以后不用再去看伊万他们了!"苏菲一边说,一边用力地把玛雅推开,去开房门上的锁。

"不要!"眼看苏菲就开门了,玛雅着急地哭着叫道,双手拼命地抓住苏菲的一只手臂。楼下又接着响了两次枪声。

"放开我,玛雅。"

"你不要走!"

"我必须得走!"

"那我跟你一起走！"

"你不能跟着我！这是我最后一次见你了！"

"不行！你不要走！"

"再见！玛雅！"苏菲挣脱玛雅，把玛雅往里一推，玛雅倒在地上，苏菲难过地看了玛雅一眼，打开房门。

"啊！不要！"

"嘣！"

"不要走！"门关上了！玛雅就那样看着苏菲离开了，就像看着自己的母亲离去一样，她很想爬起来追过去，可是她就那样看着她离开，感觉没有一点儿力气。甚至等那扇门关上她才意识到她真的已经离开了！玛雅瘫坐在地上！她控制不住地歇斯底里地大叫着，哭泣着，她突然感觉苏菲就要从她身边消失，就像母亲一样。她从地上爬起来，冲出房间："苏菲！"

苏菲的离去

"苏菲……"玛雅坐在旅馆房间的书桌前，手里握着摄像机，目不转睛地盯着视频，哭着哭着就笑了，笑着笑着就哭了。直到累了，她把相机抱在胸口，眼泪不知道是笑着还是哭着一直往下流。想着苏菲和伊万他们，似乎她还在紧紧地抓住他们。她无法停止住自己的思绪，想着人总得接受发生在自己身边的变化，但她不明白同样类似的遭遇为什么又要重复出现，那次母亲离开后再没有回来，有人说看见她跳进水库里了，后来人们下去打捞了很久，也没有找到她，留下一些她带走的衣物被送了回来。再后来父亲就更少回来了，他说他不想看见她，在那次他说完这句话以后，走了，也就没有再回来。她不明白为什么在乎的人总要离她而去，真的没有办法改变吗？

在苏菲最后一次见她的第二天，她去找了伊万他们，那里没有人在，衣服还晾着，什么都没动过，只有地上多了一条手帕，是第一次见他们时，送给阿撒冷的，粉色手帕上沾着一些血迹，已经干涸了，她不敢去想象出了什么事，希望他们会回来，她在那里等着他们，整整三天，饿了就吃上次见伊万带去的土豆饼，他们还没动过，除了绿头蝇带着它的朋友们霸占着。白天她就坐在枣树下，和法尔玛,是她自己认为的。太阳上山下山,还是她一个人,恐惧加上恐惧,有时候她受不了,特别是当光明离去的时候,她看见法尔玛就在她的身边,对着她微笑着。直到第三个晚上,四周很黑很黑,没有星星和月亮,玛雅蜷缩在沙发上,身体不停颤抖着,额头的汗珠子般往外冒,她嘴里一直不停地叫着:"苏菲,伊万……"

突然那个声音又响起来了:

"我从土上创造了你们。"

"我使你们归复于土中……"

声音越来越响,玛雅紧皱着眉头,痛苦地抖动着。

"啊!"玛雅尖叫一声醒了过来,法尔玛坐在她的身边,轻轻抚摸着她因紧张而紧握的小手,她伤心地流着泪,悲痛地向法尔玛诉说着:"法尔玛,我梦见苏菲,她死了,还有跟着后面的是阿里,阿撒冷他们,小伊万用身体走着路,他们都不理我!我很怕!法尔玛,你能告诉我他们去哪儿了?"

法尔玛伸手擦去她脸上的泪水,慈祥地看着她说:"不怕!孩子,回去吧,你会找到他们的。"说完她就不见了。

"法尔玛?"玛雅想起那晚,那个可怕的梦,和上次在"城堡"里做得差不多同样的梦,比上次更为清晰。

"法尔玛说会找到他们,但是伊万他们会去哪儿了,苏菲和他们在一起吗?为什么连她也不见了,要是她在就好了。"玛雅想到这儿,忽然感觉好像有什么东西想让她知道似的,但又具体不知道是什么,她放下相机,走进浴室,对着镜子用凉水洗了洗脸,好让自己清醒一些。从来这里第一次见到苏菲到现在,所有的回忆就像电影一样在她的脑海里强制放映着,见到的每个人,说的每句话,她尽可能让自己可以想起。她抓住这奇怪的预感,希望可以找到一丝线索。

"森格?森?是同一个人?"

"不是?森格是谁?"

"收养她的人是谁?"

"森?苏菲?湖泊?"

玛雅在房间里来回走着,她一遍一遍地在脑海里梳理着苏菲提起过的人和事,结果发现毫无头绪,她想着,只有去找一个人了,也许他在那座"城堡"里。但是她只去过两此,一次还是昏迷的,不可能找得到那个地方。

"可是?也许其他人会知道。"玛雅想道。于是她下楼去问那些服务生们,但是谁说都不知道,玛雅失望极了。

"那你知道,他什么时候会回来吗?"

"不知道,这得看他自己了,有时候经常在这儿,有时候十天半月也看不见他。"

"他会去别的地方吗?"

"不知道!"

"为什么你们什么都不知道!?"

"小姐,你不能这样说,我们总不能去管老板会去哪里!"

"好吧,谢谢。"玛雅想着,还是别指望他们了。她不想回房间干等在那儿,她打算去外面逛逛,虽然她知道这样很不安全,但总比待在房间里一点办法都没有,只会胡思乱想的强,说不定还能碰上谁。想到这里，她觉得乐观了一点。她让自己游离在这片水泥混合土的地面上，像一个搜城者一样，不放过查看任何能看见的人，角落里传来的阿拉伯乐曲让她沉醉其中，忘记了有可能的恐惧，带来了勇敢和信心。她让自己相信自己，相信苏菲有可能就是某个与她擦肩而过蒙着面的阿拉伯人，相信她会看见伊万和阿里他们，就在一群同样的孩子们中。

　　她穿过无数人群，重复着一次次的回眸与张望，神秘的乐曲声已渐渐远去，天空将要被黑夜吞没，眼前的一切已被一层纱雾迷蒙，还是她一个人。失望又要来影响她的斗志，她感到有些疲惫了，口渴得厉害，嘴唇已快要和盖着的面纱粘成一块。她抬头看了看天，准备打道回旅馆，这时一身黑色布卡从她面前飘过，走向右面的一个露出货台窗口的小店，她跟过去，假装要买东西。"这是一家卖枪支弹药的武器杂货店。"店主用阿拉伯语为那人介绍道。玛雅紧张地瞟瞄着那人，感觉身高和体型都像苏菲，她等待着那人转过脸来的那一瞬间。

　　"你也要来一把吗，小姐？"店主大叔用阿拉伯语对玛雅说。玛雅听不懂，只好假装微笑着点了点头。店主包好一把小型手枪，那人付了钱接过手枪，一边往长袍里放，一边向玛雅这边转过身来，玛雅屏住呼吸盯住一看，立即把头扭向一边。这时店主大叔已经把手枪递了过来，玛雅无奈之下，不敢不买，只得接过手枪，付了与那位一样数目的钱。她想着，也许她真该好好回忆一下怎样去"城堡"的路。

　　"一天又过去了，不知道苏菲他们还好吗？阿里会照顾好伊万吗?"玛雅沮丧地想着。回到旅馆,一天一无所获,除了这把贵得要命的枪,她一边研究着它,一边想象着人们拿着它对着别人身体的样子,那个倒下去的无辜的女人,还有那个挟持她的蒙着面的年轻人,他们都不该死。在那之前他们的血液还在身体里鲜活的流窜着,世界赐予他们多么神奇的生命,如果他们还是好好的,那个女人会有丈夫,以后还会有孩子,或许已经有了,但她还会有孩子的孩子,还有很多的可能,那个年轻人也会。可就因为这冰冷的枪口里跑出来的小东西,他们再也没有任何的可能了,至少是在这个世界上,有一天他们会融入大地,不再有人会记起或谈论。她不敢想象苏菲会像那年轻人一样,她不希望有人拿着枪对着她,也不希望她会拿着枪对着别人,她选择相信那是不可能的,就算事实也许已经躺在她的面前,她只能假装看不见,她要找到她,要改变那些有可能的事实。

"你这杀人的凶手,你这不能自主的可怜虫,你也只是被人操纵和利用。"她摸着手上的枪,把它上了膛,紧紧地握在手里,然后拿着它对着自己的太阳穴……

爱与阴谋

在"城堡"里，森在那幅"万人朝圣"的壁画前来回走动着，手上拿着一支香烟，放在嘴边，又放下来，却一直没有点着。突然他面对着壁画停了下来，没有表情地对它说："放我出去！""放我出去！"它没有反应，他一遍又一遍地大声重复着。它还是没有任何动静。"放我出去！"他突然对它咆哮道，无法控制的怒气，像积累已久的火山，瞬间爆发，摧毁着他眼前可以触碰到的一切，包括他自己，对面的它还是没有丝毫回应，他嘶吼着，像只发疯的野兽，用身体撞在柱子上，用上一切能伤害自己的方式。

"你看看你自己的样子！你以为这样可以威胁我？"墙上的壁画忽然传来严厉的声音！

"你放我出去！"

"我倒想知道，是什么样的女人，能让你这样！"

"你这样的人是不会明白的！"森对着它咆哮着。

"但我知道有个人应该要去做她本该做的事了！"

"你答应过我放过她的！"森因为愤怒膨胀的血管看似将要暴裂，撞了柱子的头，血在往外渗漏。

"你应该认为那样做是赏赐她的荣誉，难道你想她也和她一样!?"

"收起你的狗屁谎言！我受够了！放我出去！"

森咆哮的声音几乎欲要爆破整座山丘冲向云霄！也许它真的惊动了上天，轰隆一声，闪电像一把锋芒的利器，从天空划过，接着豆子般的雨点从天而降，越下越大，"噼里啪啦"地打在任何阻止它落地的物体上。在另一头的天空下，一阵风像小偷一样从一扇开着的窗户口往里溜了进去，玛雅躺靠在沙发上，手里抱着手枪，身体歪向一边，她大概是太累了，在不知不觉下进入了睡梦中。

她看见自己走在一条狭长的四周都是白墙的走廊上，走着走着，她突然听到伊万的哭泣声，一扇门出现她的眼前，她推门进去，一阵凉意让她打了一个寒颤，里面很空旷，除了四周的白墙，什么都没有，伊万的哭泣声也没了，她觉得有点冷，就转身欲要离去，突然伊万的哭泣声又在耳边响起，她迅速回过头来，里面挤满了身穿白色长袍的人，都是背着她的，只有一个男人是面朝着这面的，他在最那边，他是？是第一次去旅馆时，坐在小车副驾驶的那个，瘦高的男人？对！像秃鹰一样的男人！他为什么在这里？他似乎看不见她。伊万的哭声越来越大，却不见他的人，被一群光着身体的大孩子的身躯和后脑勺挡住，她大声叫着伊万，钻进人群，一个一个地拨开那些挡在中间的孩子，她走啊，走啊，可不管怎么样，一直有人挡在前面，似乎没有尽头，玛雅急得不知如何是好！孩子们好像越来越多，越来越密，从他们的背后长出一双双奇怪的眼睛，有的在后脑勺，有的在后面脖子上，有的还长在两边的肩膀上，眼珠垂吊着，还有在后背，在臀部，在腿上，各种各样，表情各异，似乎都想对她表达什么，她不想害怕他们，却又让她毛骨悚然！他们对她越靠越近，几乎快要把她淹没。情急之下，她拿出手枪闭着眼睛对着天花板，嘴里大声喊着"让一让！""嘣！"枪声响了，待她睁开眼，那些人都不见了。她发现自己似乎站在废墟屋里，伊万"站"在后门口背对着她在哭泣，"伊万？"她激动地喊着她的名字朝他跑去。"砰砰！"突然敲门声响起，玛雅醒过来，皱着眉头，有些不太高兴，她就要抱住伊万了，哪怕是做梦。此时窗外在下雨，那些雨滴们争先恐后地想往房里钻。

"谁？"玛雅问道。

没有人回答，接着又是"砰砰砰"，玛雅不悦地拿着枪轻轻地走到门边，她对着猫眼往外望去，"森？！"玛雅惊讶极了，顿时有些喜出望外，她赶忙一边说着来了，一边把枪藏在床下。待她打开房门，她看见他穿着一身白色长袍，一张冷峻到极点的脸，玛雅抑制不住地激动，扑进他的怀里，嘴里"喃喃"地唤着他的名字，他迟疑了一下，然后双手搂住她，把她抱进房间，玛雅抬头看着他，眼里含着泪水，他仔细地端详着她的模样。

"森，我想你，苏菲她……"玛雅话还没讲完，他低下头用唇温柔地封住了她的小嘴，玛雅来不及想要拒绝，就已顺从了，她闭上眼睛，脑袋一片空白，任由他将她的唇瓣叼含在嘴里舔吮。他就像一个鬼魅，让她不由自主地随他走向另一个方向，从悬崖的尽头义无反顾地往下一跃，飘落在空中，慢慢地往下坠落，却没有任何惧怕，就算下面是一片凶猛的火海，她却渴望着被它烧毁。在她沉浸在这浴火的解脱中,忽然一个熟悉的声音在呼唤着她,她一下仿佛又被拉回到悬崖边,她睁开眼,看见饥渴的他,几乎想要把她吃掉,他的手游走在她的身体上,带着某种想要将她撕裂的力量,从她的胸口到她脖子,他的手大力地按在她的脖子上,欲要将它捏碎,玛雅感到有些难以呼吸,她逃离他的唇,用手掰住那只按在她脖子上的手:"森,你⋯⋯我不能呼吸了。"

他听了,愣了一下,松开那只手,却接着,反而将他抱得更紧,玛雅能感觉到他体内膨胀的将要爆炸的欲望,他霸道地凑过她的唇,玛雅躲开,对他说道:"别这样,森,我有事想对你说。"

可是他完全没有理会她的话,他用一只手抱住她的后脑勺,使她无法躲却,玛雅支吾着,用手推着他的身体,想要逃离,他只好用手,将她的两只小手困在她的背后,然后张着嘴,像洪水猛兽一般,想要将她吞噬,玛雅扭动着身体,挣扎着,他的吻却企图将她勾引,但她想到苏菲,顿时对自己想要越轨的欲望,感到羞愧和后悔。于是她想到一个办法。

"啊!"他突然嘶哑地惊叫一声,放开玛雅,然后用他的大拇指擦了擦嘴唇,放在眼前看了一眼,一丝丝血沾在上面。

"对不起,我真的不想,但是我必须,所以。"玛雅有些不好意思,看着他没有表情的脸,竟然心里生出一丝恐惧,她不知道为什么。

"会疼吗?"她向他表示歉意,一边揉着被弄疼的手腕。

"没关系,对不起。"他淡淡地回答道,声音听起来异常的低沉,这是从他进门来玛雅听他说的第一句话。

"我不是有意的,只是我真的有急事要问你。"玛雅撇着嘴,看着他的样子,似乎有些尴尬,为了缓和气氛,她拉着他的手,带他到沙发边坐下来。然后替他倒上一杯水,"你的嗓子听起来似乎不太舒服,喝点水吧。"

　　"谢谢,没事。"

　　"森,我想苏菲出了什么事,你见过她吗?"

　　"没有。"他摇摇头表示道。

　　"自从那次一直没有吗?"

　　"是的。"他想了想回答她。

　　"你知道她会去哪儿了?"他摇了摇头。

　　"她之前有和你提过一些别的什么事吗?"

　　他又摇了摇头。

　　"她没有再替你工作吗?"

　　他还是摇了摇头。

　　"求你了,森,你就不能说点什么吗? 她就这样消失了,你难道一点都不在乎吗?"玛雅说完,他还是一脸漠然的态度,就像一个看戏的人,什么也不说。玛雅难过地把脸撇向一边,她皱着眉头,竭力控制住失望欲要引起的情绪崩溃。他的态度让她感到非常意外。

　　"我知道,也许你不会在乎,但是,我真的很担心她。一周前,我们见面,她告诉我说,那是她最后一次见我。你知道,她就忽然这样不见了,在这个地方我真的不能想像,她到底出了什么事!"玛雅激动地对着他话语像弹珠一样从她嘴里弹出,但是他却完全像个没有感情的陌生人,这让她有种被羞辱的感觉,她收起自己的无助和想要对他的依赖。

"也许我不该对你说这些,我以为……事实我确实错了。但是我还是希望,如果你有什么有关她的消息可以转告我,还有伊万和阿里他们,谢谢!"

玛雅说着站起来一个人走到窗户边,对着窗户不再说话。外面的雨已经停了,他看着她,似乎想开口说点什么,最后还是没说,于是看了看手表上的时间,缓慢地站起来走到玛雅的后面,双手握住她的膀臂,对她说:"我走了,也许你会见到他们的。"

玛雅没有回头,也没有说话。"砰"的一声,直到听见门关上的声音,她才意识到他真的走了。她转过身,看着那扇已经关上的门,除了委屈,她只能失望。许久,她才移开视线,看了看墙上的时钟,差一刻就十点了。心里冒出的冰凉和无助,让她感到很累,她走到书桌旁,拿起上面的相机然后走到沙发边头朝着门口躺了下来,她把相机抱在胸口,睁着眼睛看着天花板。房间很静很静,以至于她都能听见自己微弱的心跳声,她把相机抱得很紧很紧,眼泪没有阻挡地放肆着。房间的灯,让她更加看清自己的无能为力,但是她又不得不需要它。虽然她知道自己不止是为了没有苏菲的消息而难过,同时也在被他的冷漠刺痛。伤心之余她又是那么地痛恨着自己的无能,后悔对苏菲的了解那么少,以至于她走了,留下的只是一些支离破碎的信息,根本就无从找到一丝答案。没有住处,没有家人,没有朋友,什么都没有,唯一剩下的有可能去的就是那个湖。"湖?"玛雅好像忽然发现了点什么,她坐起来,擦掉泪水,顺着思路寻找着可能的线索。

"那个湖,那片椰枣林,那片草地,它们应该都是属于那个'城堡'的主人。那个地方都是属于森的,在这个小城镇,为什么会建起那么神秘宏伟的房子?没有人去,因为没有人敢去?还是没有人知道?为什么苏菲会知道,为什么她敢去?森到底是什么人?为什么……"玛雅想着,"砰砰"突然敲门声又响了,玛雅讨厌这可恶的敲门声,打断她的思绪。她想不到还会有谁这么晚又来敲门。"砰砰"还在敲,"谁啊?"玛雅不耐烦地问,反正现在一切都让她反感。为了让它停下,无奈之下,她只得起来去看看是谁。"砰砰"的敲门声还在继续。

　　"森!"玛雅看见站在门口的男人,想着:他还来干什么?这是在和她开玩笑吗?玛雅打开房门,尽量压制住心中的不快,她看见他完全变了一个样,穿着体恤,牛仔裤,额头上红紫色的伤口上还有血迹。他一看见玛雅就上前把她抱进怀里。深情地抚摸着她的秀发,对她说:"我好想你。"

　　玛雅轻轻推开他的拥抱,抬头疑惑地看着他额头上的伤口说:"你这是怎么了? 怎么受伤了? "

　　"哦,没事,绊倒了,磕了一点外皮。"

　　"我去拿药给你敷上,之前你给我的。"说着,玛雅一边疑惑着一边向浴室走去, 森走到沙发边坐下来。玛雅手里拿着酒精和药棉。

　　"谢谢。"

　　"不用谢,也许会有些疼。"玛雅用药棉浸湿酒精一边帮他擦拭着伤口,一边对他说道。

"你还好吗？"森说着，想起湖边回来的那晚，在玛雅靠在床沿边睡去后，他进去替她盖好毛毯出去的时候。在房门口看见那个和他一起载玛雅来旅馆的秃鹫一样的男人，"你在这儿干嘛？"森从房间出来看见他惊讶地问。

"他要见你！"秃鹫一样的男人回答说。森没想到自从那天走后，一直都被困着无法出来见她。

"不怎么好，你走了，我很难过。"玛雅诚实地回答应道。想起他之前的态度，心里还是有些隐隐作痛。

"对不起，有急事，所以就突然走了。"

"你什么也不愿意说。"

"我来不及告诉你。"

"你可以告诉我，在我和你说那些事的时候，可你一副冷漠的态度，什么也不说，使我看起来像个愚蠢的傻瓜。"

"我怎么舍得那样对你呢？"

"事实，你已经那样做了。"

"当时我走的时候，你已经睡着了。而且你并不知道我来过，我不想吵醒你。"

"你说的我听不明白，我在和你说话，怎么可能会睡着？"

"傻瓜，你没有和我说话，当时你伤心地睡着了，脸上还有泪痕。"

"看来你还真的是把我当傻瓜了？"玛雅帮他敷完药，站起来不可思议地看着他说。

"我不是那个意思，我让你伤心了？"森站起来扶她坐下。

"是心冷！我不知道你今天到底想要怎样？在几十分钟之前，你在这里，一副冰冷到可以结冰的态度，现在你突然又回来，对我说出一些莫名其妙荒唐的话！你让我怎么想？"

"你说之前我刚来过这里？"

"你这话什么意思？你现在不会是想告诉我你没有来过？这太有趣了。"玛雅委屈地冷笑着把头转向一边。而旁边的森惊讶地看着她，继而眼神里满是心疼，他抓起她的小手握在掌心，温柔地对她说："你是不是太累了？"

"你这是在侮辱我吗？你看看墙上的时钟，现在是十点二十分，你从这里离开后，我看了时间是九点四十五分，在那之前你在这里，穿着一件白色的长袍，你疯狂地吻我，一只手还像这样按在我的脖子上，然后我们就像这样坐在沙发上，我问你有关苏菲的事，这些一切，你难道都要对我说，你没有做过！"玛雅又一次站起来，指着墙上的时钟委屈地对他说。

森看着她的表情，对于刚刚认为她神智不清感到一些内疚，他责怪自己不应该那样想她的。他想她说的是真的，但是自己确实没有来过，那又是怎么回事呢？他的心霎那间掠过一丝愤怒和恐惧，是他？他不敢想象他为什么要这样做。

"对不起。"他心疼地把她拥入怀里，他开始担心起来，害怕那个人会来伤害她。

"那你为什么要这样？我真的很担心苏菲、阿里他们，他们都不见了！"玛雅难过地看着他，忍不住又要哭了，有时候她还真是怀疑自己的眼睛里是否装了一个海洋在里面。

"他还对你做了什么？"

"他？"玛雅抬起头问道。

"我是说我有没有弄伤你？"

"手腕有点疼，可是我咬了你的唇。"她不好意思地又把头重新埋进他的胸口。

"做得好。"森说着，一边抚摸着她的秀发，此时他的心恨不得马上狠狠地揍一顿那个冒充他的哥哥。

"那你会帮我去找苏菲他们吗？"

"会，我保证你很快就会看见他们。"

玛雅听了他说的这句话，安心地闭着眼睛，依靠在他的身上，满足地呼吸着他身体散发出的气味。她单纯地认为，似乎一切问题都将会被解决，日子马上就会回到一周多前的样子。她想以后白天如果苏菲太忙，自己可以先去照顾伊万，还可以把工作带到那里去做，而伊万也可以自个儿在旁边玩，等到了傍晚，苏菲会去找阿里，和他们一起回来。如果早的话自己和苏菲还可以留下来和大家一起吃晚饭，也许还可以教他们中文，自己也可以同时学习阿拉伯语，再或许森有时间也会来，可能还会带上很多礼物送给大家。说不定以后有条件还可以找一个很安全的地方，比如说像森的城堡那里一样，不过指的是类似安静不被打扰的地方。住的房子，只要一间简单的够住的房间就可以了。但要有洗澡和可以方便的地方，到时可以种上很多花，椰枣树。那法尔玛怎么办呢？她会愿意跟过来吗？

阴谋的显现

  玛雅清晨从梦中醒来,心情是愉快的,因为那个美梦实现了她昨日的幻想。她想着一定要把这个梦告诉苏菲。她一边想着一边精神抖擞地从床上跳起来,冲到书桌旁,嘴里还哼着不着调的小曲。她拿了桌上的相机又蹦回床上,她想既然是要说梦给她听,当然是在床上,就好像刚醒来立即说给对方听的那种感觉!她打开开关,找到那段在市场帮她录的视频。这个她已经看过不下几十遍了,不过这次最为特别,她一边看着一边对着视频里的苏菲说着自己做梦都能实现的得意想法。她想苏菲肯定会夸奖她的这个好想法,也许苏菲会说,干脆就住湖边的小屋,可是那个房子是森的,他会允许吗?当然会,他简直是求之不得,说不定他会让大家都住进他的城堡里!想到这里玛雅抱着相机合不拢嘴!她想还是不要这样做白日梦了,要是有人知道了肯定会认为她简直是个不自量力的白痴!"哎!你可不准笑我,我只是随便说说的,我才不喜欢他呢。"她重新坐好对着视频里的苏菲说。其实她是说谎的,第一次见他,她就有被他吸引到,虽然只是不经意看了几眼。只是苏菲好像不太喜欢他,尽管她没有直说,可好几次她都故意暗示她不要对他有什么想法。但现在她应该改变了对他的看法了吧。

玛雅想着又对着视频里的苏菲自言自语道。

"哎,不过,这次多亏了森救了我们,不然我们都要死在那个可恶的矮胖子手里了!"

"你不知道,他那天有多帅,那几个人看见他简直要吓得尿裤子了,哈哈!特别是那个矮胖子,而且所有人都怕他,我看见就连旁边不远处他们的同伙都不敢过来,还有那天可是他把你抱走的哦!"

"是吗?原来他人那么好,也许以前是我误会他了,那你还真可以考虑考虑他哦!"她想象着苏菲对她这样说。

"咦?这个丑陋的矮胖子!你看他那样子多招人讨厌,简直太可恶太猥琐了!"她看着镜头里出现的矮胖子男人憎恶地骂道。

"咦?这后面的是?是森!怎么会是他呢?"她不太敢相信自己的眼睛,她把镜头快退到那个矮胖子出来之前的位置。

"是他!"一次又一次,一次再又一次。她这样来回连续看了很多遍,她还是不愿相信。而且在他们买完酒,那些人向他们冲来的时候,他就已经在那儿,在后面那些拿着枪的人中间。

"为什么之前没有注意到?"她自我反问道!拿着相机的手都在发抖,她不愿相信这是真的,再一次把镜头退回到那里。

"对!是他,那个时候他就已经在那!站在他们的不远处看着。在那个被她咬的矮胖的男人开始在对他们大声叫嚣的时候,他还是在那里,在看着他们。"

为了更清楚,她按了暂停,把画面放大。其实已经很清楚了,只是她不敢承认。

"就是他。他旁边还站着两个人，和那些人一样手持 AK47。"玛雅放下相机，突然觉得浑身都没有了力气，像是被人当头一棒。这是她怎么也无法想到的，发现被依靠的人所背叛。

"原来她和苏菲在受到侮辱和伤害的时候，他却站在那儿一直看着，最后他救了他们，在他们差一点都要死去的时候，他从他的'手下'手中。"

"他和那个矮胖子是一伙的。"玛雅想着当时情景不寒而栗，此刻真让她难以接受。她看见自己前一刻还在腾云驾雾，此刻却已跌落深谷。还真不能高兴得太早，生活永远不知道下一秒会变成怎样！她想起苏菲以前对她说的话，现在似乎全部都能理解了。"苏菲知道吗？她还有多少事没有告诉我，难道那天在小湖边，她就是看见我和他在一起才跑的？无声的反对？可如果苏菲也是，他们会有关联吗？会是一起的吗？应该不是，不然那些人肯定认识她，她也可以告诉他们，她和他们是一起的。那样他们就不会伤害我们了。为什么她都没有做，难道是怕被我发现？对，她不告诉我这些，肯定是不想让我知道。怕我伤心？怕我失望？不对！她肯定跟那些人不是一起的，她不会让别人伤害到我，对！她还为了我差点死掉。"

玛雅搜肠刮肚地推测着，一不小心又牵连出她假装看不见的可能事实，她想她不能胡思乱想，什么事情都需要对证，不然很容易扰乱事实的本质。所以她还是从实质上看待，认为森如果真的是个坏人，想要伤害他们，就不会去救他们了。她在故意使自己往好的方面想，一面那些不同的意见不停地跑出来抗议，搅得她头绪一片混乱。她不能应付他们,因为实在没有办法把那个昨晚还让她靠在胸口,感觉安心的人跟那几个想杀了他们的混蛋联系在一起。"可那些人到底是什么人?是军队的人?可他们并未穿制服,难道也是武装分子?也是?那他……"

正当她被自己这可怕的想法吓一跳的时候,"砰砰砰!"敲门声响起。

而在同天的同一时刻,另外一扇门里,一个大约四平方的长方形的房间里,苏菲盘腿坐在床上。而在她隔壁,隔壁的隔壁,以及很多个同样格子一样的房间,同样年纪相仿的孩子也都在做着同样的事情。这个像迷宫一样的地方,数不清的房间,一扇门后面连接着另一个房间,大小形状各异,彼此相通,却又不易看出。它们用途各异,一丝不苟的全套式装备,吃饭,睡觉,清洁,学习,会场,甚至还有医疗配置,外加射击房里成排的枪支,教室里各色的炸弹和武器,当然那只是教学用的没有杀伤力的仿真道具。而这神秘的地方隐藏在一座山丘下,一边是郊区"城堡"。时间到了,房间里入门上角的摄像头上面的喇叭响了:"所有人迅速在会场集合。"

所谓的会场是一个巨大的房间,几乎可以容纳两千人,里面什么物品都没有,除了一处高出的平台。所有人都来了,按照男女、年龄的次序,由左向右整齐站队。眼看都是二十岁以下的,右边的几队基本都是十岁以下,但站在平台上的两位是成年男女。玛雅见过的那个副驾驶位的瘦高个在台上代表发言,台下一片安静。他讲完后,接着念出几个人的名字,没有被念到的都先出去。

留下的人是苏菲、萨德、阿里、米卡伊、伊斯拉、哲布哈，还有伊万。这时瘦高个旁边矮胖的中年女人凑近对他说道："这个孩子没有双腿，能不能别让他去了？"这个中年女人是瘦高个的妻子，她是这里专门照看年龄还没满十岁的孩子。

"这不是我决定的，你现在也可以出去了。"瘦高个连看都没有看她就回答道，那个女人轻轻地叹了口气，心疼地看了伊万最后一眼就走了，伊万转头去看她，被旁边的阿撒冷拉了拉小手。伊万只能回过头。他不开心地耷拉着脑袋，往下撇着小嘴，最近这些天他不知道发生了什么。从那里被他们带到这个奇怪的地方，那些人说以后这里就是他们的家，他却不这样认为。这是一个冰冷的地方，没有天空，没有太阳，他喜欢的一样都不能看见，四面除了墙还是墙，他们就像被关在盒子里的老鼠。有时候他只能靠着自己的记忆力，闭上眼睛想象着它们的样子。还有阿里他们都变得不爱说话了，因为有人把他们单独带到一个房间里对他们说了什么，他们不愿意告诉他，说他不会懂的，可他奇怪为什么阿撒冷能知道呢？她只比他大三岁。他不太能理解，反正他不喜欢这里。他非常想念玛雅，想念法尔玛，还有后院里的椰枣树，想到这些他就想哭，想早点离开这个讨厌的地方！刚刚那个矮胖的妈妈告诉他，这里的小孩不许哭，要听话，不然会被杀掉的。阿撒冷他们也是这么说，他想这里肯定有吃人的魔鬼，不然为什么连小孩哭，都要杀掉。那些以前就在这儿的人还对他们说："来了这里，就不是一般的人，很少人会被选中，所以不能像外面的人一样，光想着自己。"他听不懂他们的意思。反正他不想去在乎那些奇怪的事情。

想到不知道什么时候才能见到玛雅和法尔玛,他就会忍不住很想哭,可是他还是要忍住,因为阿里说只有这样,他以后才能见到她们。那个男人在台上说的话他一点都不想听,也不在乎。因为他的眼泪马上就要掉下来,他不能让他们下来,更不能让别人看见了。还好瘦高男人一直在说话并没有注意到他,他说会在苏菲和萨德之间选一个人来带领阿里他们完成这项任务,决定是谁现在得由苏菲自己来选择。所有人这时都在看着她。而她也知道,这将意味着什么,可她现在担心的并不是这个,而是阿里他们,虽然那个人向她保证阿里他们绝对安全,但她的心里为此总是感到不安。人类总是善于谎言的,不是吗?

"由我去,我希望一个人去完成,阿里他们没有办法帮助我,反而还会添乱!"苏菲看着瘦高个说道。

"你决定了?苏菲,你可以让萨德去的。"瘦高个说。

"我已经决定了,我一个人去。"苏菲肯定地说。

"既然你自己决定了,那就由你吧。但你得必须需要阿里他们的协助,才不会引起怀疑,那里的人几乎都认识他们了。"

"那里的人也几乎都认识我,所以不需要他们,没有人会怀疑我的!"

"不行!这是命令!你知道这不是我能决定的,一会儿会有人带你们去一个地方,他会安排你们具体行动,最后只能靠你们自己了。"瘦高个坚决地说,不由得苏菲与他讨价。

"你,萨德先跟我走。"正说着,进来一个人,是那个负责带他们的人。说完瘦高个就带着萨德先走了,走的时候萨德很疑惑地回头看了一眼苏菲,而苏菲也同样疑惑地看着他。

而在此之前萨德旅馆玛雅房门外的敲门声还在继续,玛雅一手拿着枪藏在身后,一手打开房门。"你好!玛雅小姐,森先生让我带你去见你想见的人。"是楼下吧台的小服务生。

"好,谢谢你,请稍等。"玛雅迟疑了一下回答后"砰!"地关上房门。

"瞧!是自己想太多了吧,他已经找到苏菲他们了,马上就可以见到他们了!"

玛雅想着森原来真的没骗她,他答应她很快就能见到他们,没想到这么快。她来不及收拾自己,随手把枪插在腰间,拿出一件长的纯棉休闲西装套在牛仔裤和T恤衫外,然后打开房门。

"你一直往前走,他就在里面等着你。"服务生对她说,玛雅看了看。里面昏暗的灯光,隐隐约约好像是一条无尽的走廊,这根本不是一个房间。

"嗨!这是什么鬼地方?"她转过身去问那个服务生,怎料门已经关上,人不见了踪影。她想要打开这扇门,却知根本不可能,外面是木门,里面一层是石门。她想这谁设计的门,还真是层层机关!这要去哪里见他?玛雅望着深不可测幽暗的前方,顿时感觉到脊椎骨上阴寒的凉风,像是到了一个地下古墓一般。她下意识摸了摸衣服内插在腰间的手枪,手脚不停颤抖着,这让她不得不承认自己胆小如鼠。虽然有些可笑,但她想外面是神圣之殿,那么多人在那里,他总不至于要在这里杀掉她吧?或者像什么电锯杀人一样吧?她战战兢兢地往前走去,过了几个廊灯,她又看见一扇石门,她走近,门自动打开了。

"还真的像是变态杀人室,里面和进来的地方一样。"她不禁埋怨道。

"喂!有人吗?"她大叫着壮胆。

"喂!有人吗……"除了自己的回音没有任何动静,她想这个地方有多大?竟然会有回音。她只好又往前走,又是一扇门自动开了,里面亮堂很多,她紧绷恐惧的神经,稍稍松弛了一点,终于不是一条走廊了,但也是奇怪的,这个半圆行的空间,有很多扇门紧挨着,头上凹进去的穹顶壁上画满了绚彩缤纷的人物绘画,只是这个时候玛雅并没有那个心情去仔细欣赏。

"这么多门,我是要走哪一扇?不行,我怎么又感到晕眩,不会又在做梦吧?"玛雅想着举起手把食指放进嘴里,狠狠地咬了下去。

"啊!好疼!不是梦,那我这是要开哪扇门?"她说着,其中一扇门就自动开了,好似他们能听懂她的话,玛雅惊奇地看了看周围,"是有人在哪里看得见自己?"她一边疑惑着走入为她开启的门的那一边。

"这是到了恐怖实验室吗?"玛雅望着前方惊呆了,头顶的一片白色灯光把这里照耀的就像室外一样明亮,一条走道一眼看不见尽头,左右间的距离比马路还要宽敞,两边成排的房门。玛雅傻了眼,她盯着最远处白色的光点,一步一步向前走着,就像有一个看不见的幽灵在给她带路,除了她的脚步声,听不见任何声音。

"她看见隐隐约约有一些人从远处的房间飘出,像鬼魅,像幻影，一团一团的，她想也许是灯光的问题，她向他们快速走去，她想要询问它们，走着走着，咦？不见了！她停下，心里一阵恐惧，她不知道该不该往前走了，她想着她是来找苏菲他们的，她想她肯定就被他们关在这里，她向着四面八方大声呼叫着他们的名字。苏菲，你在哪里？苏菲！伊万！……她知道他们肯定不会答应她，但是她心里害怕。这时突然有个人从她右手旁的房间走出来，是森？他看着她走过来，很冷漠和厌恶的表情，他离她越来越近，她的心里一阵刺痛，她想着他是怎么样把她当蠢驴一样欺骗玩弄，是怎样想让苏菲像牲畜一样死掉，也许伊万他们也是这样被他控制，他是个混蛋，是个人渣！魔鬼！她越想越恨，她也同样厌恶地看着他！她抽出枪对着他，砰！砰砰！！他倒了下去，她一边哭着一边摇晃着他大声嘶吼着！她后悔向他开枪了，同时她又好恨他！他不说话，她拿着枪，"砰！""砰！""砰！"……一直不停地对着他开！一边疯狂尖叫着："啊！"

"啊！"她从梦中尖叫着惊醒过来，发现自己一丝不挂，满身伤痕地躺在一个很小的房间里，一张钢丝的单人床，周围什么都没有，只有门上角装有一个摄像头。她并没有大叫，她知道那是没用的，她拖着身体，在角落里吃力地坐起来，低着头，抱着弯曲的双腿，把脸埋在膝盖上，这样还能遮住部分自己的身体，头发和眼泪一同掉落下来，她想起了之前发生了什么。

当她从那扇门走出，来到被白色日光灯照射的像是恐怖实验室一样地方的时候，她看见一个人从前面左手边的房间走出来，影子般的闪进她对面的房间，"是森？"她疑惑着。望着前方看不见

160

尽头的走廊,她感到一脸迷茫,她想这个地方为何怪得如此离谱,看到这些让她更加无法想象他究竟是一个什么样的人,她想一会儿看见他,她会是什么样的表情和态度,而他又会怎样对她?他为什么要让人带她来这里,不可能只是让她见到苏菲他们,难道是为了要告诉她真相吗?她想着这一切都将是难以想象,她感到非常紧张,甚至觉得连呼吸都显得不太自在。这时忽然一个男人的声音响起,就像从一个遥远的地方传的:"进来吧。"

"哪里传出的声音,是森?声音好像不太像,难道又变嘶哑了?"玛雅想着抬头看了看,到处都有"眼睛"在监视着她。她想他应该是叫她进去前面那扇门,门是敞开的,好像是那个人出来的地方。于是她就向那边走去。到了门口,她停住往里看去,他在里面等着她。

"进来!"他又重复了一次,语气更像是一种命令,她看着他,彼此的距离不到几米之远,却让她感到一种从未有过的陌生,胜过十万八千里。在此之前的几个小时内,她曾设想过见面时的无数场景,看现在的情况,应该都用不上了,这个人不是她想象认为的人。她的那些设想是为她自以为的那个人而做的,那是有着感情的人之间出现了问题才会那样做!如果他真是自己推测的那样,那之前和他有过的任何有关的情感、话语、表情、行为都将变成假的,而她也将沦为他的一个笑话!

"你不好奇我到底是什么人吗?"他见她站在那里没有表情地盯着他,一言不语,让他有些不悦。

"你不想知道我到底是什么人吗?"他再次重复道。

"恐怖分子！"玛雅坚决地回答他，当这几个字从她嘴里溜出来时，她把自己也吓到了！

"哈哈，我喜欢这个名字！"他像讲笑话似的回答她。

"苏菲他们在哪里?！"玛雅说话时极力压制住内心的胆怯。

"别急，我们先聊聊，一会儿你就知道了。"

"我们没有什么好聊的！"满脑子的失望和恐惧让她渴望马上见到苏菲他们，然后立即逃离这里。她的情绪开始企图挣脱蔓延在她的脸上。

"如果你肯定是来见他们的，那你就得必须那样做！"他不喜欢有人拒绝他，或者违抗自己的意愿，他拿出自己不容叛逆的强硬对她说。玛雅没说话，他的话让她的心越坠越深。他看着她的眼睛，露出不悦的表情，他告诉自己他不喜欢她的沉默和镇定，觉得那是对他的不尊重！于是他从那台四十多英寸的智能监控器前向她走过来，那台家伙可以监控这里所有的地方，当他开启它的时候。

"你为什么要来这里？我是说来这个国家。"他走到她的身后，撩起她的一缕秀发问道。

"放开你的手，这会让我感到厌恶！"面对他的无礼和挑衅，她原本想这样说，但想想为了苏菲，于是她回答他，"不为什么。"

"不为什么，你以为没有人知道吗？你是为了逃离你的罪孽？因为你杀死了你的丈夫？"他在她耳边故意地嘲弄道，因为在此之前他已经通过一些手段调查出所有有关她的资料。

"我不懂你在说什么！"对于他说的玛雅感到非常惊讶，但她尽量装作镇定,她想她可不能上了他的当,对于这恶意的挑衅,她让自己时刻记住,她是为了来接苏菲她们的。

"你懂的,可怜的你在家庭暴力中长大,十二岁母亲离家出走投水自尽,几个月后赌鬼父亲也弃你而去,长期以来都是孤独一人,长大后没想到嫁了一个像你父亲一样的男人,每天对你拳打脚踢,终于有一天,你无法忍受,所以就杀了他!"

玛雅听着再怎么也无法掩饰脸上表露的一阵青一阵白,她不会忘记那晚:在来这个国家的前几天,她收拾了一些简单行李,趁着那个男人,就是她的丈夫,那个魔鬼一般的男人出去的时候,她偷偷地逃离了那个地方。所谓的"家",在离那很远的一家酒店开了房间,然后扔掉了手机卡,没有想到就在走的前一天,那个男人竟然找到了她住的酒店。他找了借口让酒店服务员帮他开了门,当时她看见他时,他笑着谢过那个服务员,在关上门一转头的那一瞬间他换上了一脸欲要杀人的可怕表情,那刻长期以来的恐惧瞬间直冲她的头顶,在她还没有来得及反应该怎么办,"闷"的一声,她的鼻子正中已经被手机砸中,她痛苦地惨叫一声捂住鼻子,只见他疯了似的向她冲过来,捡起手机,又一下拍在她左侧的头部,紧接着他一把抓住她的头发,又是狠狠一击,电话连同拳头砸在她的头上,再一次电话砸向她的腰骨。"啊!不要!"剧烈的疼痛让她惨叫一声跪倒在地上。她的哭泣和痛苦,更加让他变本加厉!他癫狂地颤抖着身体,嘴里叫嚣着:"让你走!""让你走!走啊?走啊!"一边拳脚像雨点般落在她的身上,她唯有抱着头,把脸藏在下面,任由他打,这个时候时间又成了没有尽头的痛。如果他真这样就能罢手,不管有多痛她都可以承受,她知道那是不可能的,这还只是个开始,他要伤害的是她最脆弱和不能承受的地方。他打了一会儿,看她没有什么反应,似乎也厌烦了,于是他就扯着她的头发把她从地上拖起来,狠狠地推到在床上。她极致恐惧地盯着他,拖着身体往后退去。

"把衣服脱了!"他对她命令道,一边迅速地进了洗手间。她想趁机逃掉,刚要起身,他就立马从里面跑了出来,手里拿着一盒牙刷。

"我让你把衣服脱掉,你听见了没有?"他一边说着,一边把牙刷外的包装纸剥掉。玛雅惊恐地看着他,一动也不敢动。他朝她走来,在她的旁边坐下。

"脱掉!"他低着头看着手中的牙刷,不耐烦地叫嚣着。

"不要!"她知道他将要做什么,她哭着乞求他。他抬起头不耐烦地瞪着她说:"脱不脱?"她哭着往后退去,他突然凶狠地一下子扑了上来,揪住她的头发。

"啊!不要啊!"她吓坏了,慌乱地挣扎着,他握住牙刷头,用它尖锐的一端残忍地朝着她的小腹扎去。

"啊!"她无助地尖叫着,痛不欲生的疼让她双手下意识地抓向他的胸口,指甲划破他的皮肤。这让他更加恼羞成怒,只见他满眼凶光粗暴地将她一把推到在床,死死将她按住骑上她的身体,就像一头发了疯的禽兽,压着嘶哑的咆哮声,拿着那把邪恶的牙刷对准她的腹部生猛地扎去!

"啊!不要……啊!"剧烈的疼痛几乎欲要让她晕厥,被掐住的喉咙欲要让她无法呼吸，她真希望可以就这样快点死去，一切也就解脱了，忘记自己曾经来过这个世界，这样一个从未被爱过的错误人生！但这个男人不会放过她，就像他说的那样无耻："你长的好像是个美女，可在我面前你就像狗，我这一辈子都不会放过你！"果然他松开了掐住她的那只手，切断了她唯一能够解脱的通道！她无法想像接下来还将会发生什么，身体心灵已经让她痛到疲惫，这时只有眼泪才是她唯一可以幸免的。

看着眼前这个陌生的"森"，她知道那个魔鬼不会死去，否则她的灵魂一定会欢天喜地地跳出来恭喜她。此时这段好不容易被尘埋心灵深处的禁忌，却在此被她视之为希望的男人，在这嘲讽间，破土而出。在一阵难堪，心寒，刺痛过后，她的心里却变得更加勇敢和坚定。

"我没有杀他！仁慈的人就算对待恶魔，还是会一样仁慈，但，这并代表就会屈服！"玛雅看着他的眼睛坚定地说着。他从她的眼神里似乎看见了万座围墙平地而起，他想此时他就是她眼中的那个恶魔，他极度讨厌这种被她看轻的滋味，让他感到自己突然变得渺小。他要扳回高高在上的自信，于是他试着将自己的那一套谬论讲给她听。"其实这个并不重要，我想说的是这里很多人和你有着一样的想法，也许不同的是他们过得比你坏一千倍，甚至一万倍。那些最惨的人并不是死去的人，或者将要死去的人，而是还得继续痛苦活着的人！你明白吗？"

"我不明白，那你为什么不去死？没有人想要死去，就算那样，他们的潜意识还是希望可以继续活着！只要活着，就有机会去改变！不是吗？"

"哈哈！真有那么容易？你知道这个国家,它的下面都是石油？你知道这个国家有多少孤儿吗？你知道为什么吗？我猜你肯定说都是因为战争！"

"战争不也是因为有很多像你这样被贪婪、自私、残酷所操纵的人,每个人都有爱的人！没有人不需要爱！你从未爱过别人吗？包括你的父母兄妹！"

"你是在说我吗？当然,这不是一般自私的个人的爱所能解释的！"

"哼！人们总是善于撒谎和自欺欺人,会让那听起来像真的一样！"玛雅冷笑着说。

"谎言和真理没有什么区别,只在于信与不信！"就像这里的一切就是我们的上天赐予生活在这里的子民们,可是那些外来的人打着各种幌子来这里掠夺本不属于他们的东西, 却对着世人说:"这是正义！这是人道！"

"我说这些,并不认为你会理解。我这里有无数的孤儿,在他们被这个世界所遗弃后,是我收养了他们,我从来不会强迫他们做任何事。"

"没有人会愿意逝去自己的生命,也没有人有权利主宰别人的生命。"

"没有人逼迫他们,就连苏菲,我从来没有强迫过她,做什么看她自己的选择！你可以自己去看。"他说着拉着玛雅来到监控屏幕前,然后放大苏菲他们和瘦高个在会场的画面让她观看。

"苏菲?! 阿里,伊万,阿撒冷,他们都在,你想怎样!?"玛雅看了惊讶地转头盯住他的眼睛说,画面里传出他们的谈话。苏菲说:"由我去,我希望一个人去完成,阿里他们没有办法帮助我,反而还会添乱!"

"你决定了? 苏菲,你可以让萨德去的。"瘦高个说。

"我已经决定了,我一个人去。"

瘦高个回答:"你既然要去,也行,但你必须需要阿里他们的协助,才不会引起怀疑,那里的人几乎都认识他们。"

"那里的人也几乎都认识我,所以不需要他们,没有人会怀疑我的!"

"不行! 这是命令! 你知道这不是我能决定的,一会儿会有人带你们去一个地方,他会安排你们具体行动,最后只能靠你们自己了。"瘦高个说。

"你说! 你想让他们去做什么?"玛雅紧张地转过头盯着他问道。

"看见了吧,我给了她机会,她还是自己选择去,她本可以选择让那个男孩替她去!"他把屏幕转回去,消了声音。

"你想让他们去干什么? 天哪! 这实在太可怕了!"

"那些人本就该死!"

"那他们呢? 他们还都是孩子! 他们失去了父母,已经很可怜了! 你还不能放过他们吗?"玛雅简直不敢相信,他竟然如此卑鄙无耻地说出那些话,仿佛他就是这个社会的主宰者,有权利去决定谁是否有罪。她感到胸口一阵疼痛! 她控制不住地对他歇斯底里地大吼！她害怕真的会失去他们,她再也无法控制自己的情绪。她想起了苏菲对她所说的,想起了许许多多像他们一样孤苦伶仃的孤儿。玛雅屏住呼吸心惊胆颤地从身后拿出手枪对准了他。"立马放了他们！"玛雅难以抑制的愤怒就像大火一样将她炙烤,她气得发抖地对他吼道！只见他"哼哼"地笑了笑,一边用他的左手撸了一下那短的几乎贴住头皮的卷曲头发。他为激怒她而感到开心,他故意那样无视着玛雅的行为,进而继续挑衅她。

"你……你为何如此冷血,难道你就没有心,或是从未在乎过某个人吗?他们什么都没有了,就有那一点可怜的生命！你都要拿走吗?"

"哈哈……拜托,你在开玩笑,或是拍那种幼稚的电影吗?不要说的那么可怜,好像我是这世界上最坏的人！看看你！连自己都救不了,还想要救别人！来吧！甜心！朝这里打！'嘣嘣！'你敢吗?"他嘲笑着不屑地对着玛雅咄咄逼近,然后戏谑地伸手抓住她的枪头对着自己的胸上方。

"你……放了他们！不要逼我啊！"

"你真以为我会让你有机会伤我?"

未等玛雅说完,他一把抓住玛雅的手腕把她锁在胸前,握住枪头的手企图夺过手枪。

"啊……放开我！混蛋！"

"我知道你不会开枪,我会让你开心的,我知道怎样是你想要的！在酒店房间里妻子为了不堪丈夫的虐待,失手杀死自己的丈夫然后逃离国外！"他变本加厉地又一次刺激着她的神经,他不知道为何这样激怒她让他竟然感到前所未有的兴奋！他本可以在上一次旅馆见面，就可以结束她。不用去在乎他那个"自以为是"的弟弟会怎么想。可现在他想多看见她一会儿，看见她被羞辱的痛苦，看见她无能为力的绝望，他就是这样想的，他想他就是为了犒赏自己那来之不易的乐趣。他把她锁得紧紧的，用他那邪恶之唇贴着她的耳根深情地述说着那些可以瞬间让她崩溃的话语，看着她对他仇恨且厌恶的神情，这就是他想要的，她不可能会再爱上他！不！应该是不可能爱上他那让所有女人都着迷的兄弟！

"放开我！放开我！混蛋！啊啊啊！'嘣！'"

"……"

他松开玛雅，血从他的肩胛骨上渗漏出来，一点一点，他痛苦扭曲的表情从受伤处转移到她的脸上，玛雅拿着枪的手不停颤抖着，她本不想那样做，她惊恐着，就像吵醒了一只沉睡的老虎。

"啪！"在玛雅还没想清楚接下来会发生什么，一个沉重，清脆的耳光打在她脸上，她踉跄着，差点跌倒在地，脑袋跟着"嗡嗡"作响，她睁大着眼睛看着眼前变得模糊的他，她不敢相信！眼泪就那样掉了下来。他也看着她，他也不敢相信，他杀了很多人，眼睛眨都不眨，但是他从不打女人，而且为此，他的心竟然会感到疼痛！他低头看了看自己的手，仿佛它不属于自己，它是好样的，它就应该那样做。他一边这样想道。等他再抬起头，他用那幅冰冷到可以杀人的眼神死死地盯住玛雅，一把夺过她的手枪砸向对面的墙壁。玛雅害怕地往后退去，他就那样一言不发侵略地一步一步逼向她，直到她无路可退："够胆！可惜我不喜欢！你知道我可以杀了你！如果你再不离开这里！”

“我不会离开这里,除非你让我带走他们！”玛雅咬着牙非常
斩钉截铁地看着他说, 她努力让自己看起来没有那么的脆弱,她
告诉自己没有什么大不了,虽然她的眼泪在止不住地往下淌。

“你是谁？你妄想能改变别人的生活！别再做梦！你这个天真
到愚蠢的女人！”他激动地一拳打在玛雅脸侧的墙壁上,咬牙切齿
地说着。玛雅咬紧嘴唇把头偏向一旁。

“看着我！看着我！你听着！我真的会杀了你！你不该来到这
里！干涉别人的人生！”玛雅倔强地慢慢回过头坚硬地看着他说,
“可这不是他们原本的人生,那些被你拿走了！还有,你认为我会
害怕吗？如果要他们死去,多一个我,又有什么重要？”

“你真是个讨厌的女人！”他像被惹怒了的豹子一般咆哮着用
手掐住玛雅的脖子,贴她很近很近,他盯着眼前这张倔强无畏的
脸,感到莫名的沮丧。他不喜欢这种感觉,他告诉自己,他蔑视一
切,包括眼前的人。“你找死对吗？我成全你！”他掐住玛雅的喉咙
把她往上举起,看着她的脸渐渐浮现出痛苦,他苦笑着,一种戏谑
且疯狂的表情又逐步招摇在他的脸上。玛雅没有任何的挣扎,只
是直直地盯着他的眼睛,这似乎愈加激怒于他,增加的力量显示
在他几乎急切想要将她喉咙掐碎的手指上,但往下发展的结果也
许并不能发泄他内心某种强烈的情绪,只见他突然放手,向前用
身体将她堵靠在墙壁上, 玛雅都能听见他因发泄不满粗喘的气
息。“你够硬！”他咬牙切齿地在她耳边说道。

“你不放了他们,我什么都不在乎！”玛雅艰难地缓喘着说。

"好！你说的。"玛雅不知道他说这话意味着什么，只见他说完迅速地抓住她的两只手臂将其紧紧地按在墙上，他的唇与此同时从她的耳边滑向她的唇面。

"呜……嗯……放开！"玛雅惊慌地摇摆着头部，躲避他突来的侵犯。

"你不是什么都不在乎吗？"

"啊……"不论玛雅如何反抗，在霸道之下也都无济于事，她就像一只待宰的弱小羔羊，只能发出"咩咩"的叫声。玛雅流着眼泪任凭他疯狂地撕扯着她的衣服，用这种他自认为最低级的方式羞辱她。"砰砰砰！砰砰砰！"此时门外突然传来急切的敲门声，接着……

"森格！开门！"是他双胞胎弟弟的声音，他一惊，敏捷反应之下对着玛雅用力一击。

玛雅呆滞地坐在床上，房间里发生的一切历历在目，此刻她感到似乎有千万条针线在她头脑里来回地穿梭。这一切对于她来说像是一场变化莫测的梦，可是她多么希望啊！她害怕这变化，一切总在不经意间变了另一个模样，是的，有些坏事总是如此，好像看不到尽头。她不知道自己到底在这个小格子里躺了多久，此时苏菲他们是否开始了那个行动，一切都看不见，一切都是混乱。"自己能做什么？"玛雅哭着询问着自己。

此时在同排的另外一个小格子里，苏菲折好自己在里面穿了这么多年的白色长袍，并亲吻了它，把它整齐摆放好，然后从钢丝床的一头钢管里拿出一张卷成圈的纸，那是玛雅为她画着萤火虫图纸,她把它放在唇边亲了又亲。

"快点!没有多少时间了。"门口站着瘦高个和另外一个叫阿卜德的年轻人,那个年轻人催促着,他是森格派来专门监视她们这次行动的。其实就是如果她们被抓或是不实行行动,他就负责解决她们。苏菲把画着萤火虫的纸放在胸口长袍的内袋里,在此看了看这个曾经一直监禁且陪伴她的"格子"!门关上了,那两个男人带领她向着诡异长廊的一头走去,过分相同节奏的脚步声穿越所经的各种大小状态各异的房间。经过禁锢玛雅的"小格子",玛雅从床上站起来赤身裸体,像一个鬼魂般走到门口,抬头望了一眼监控电眼,发出诡异的微笑,接着只见她猛力往前撞去。"嘣!"的一声巨响,苏菲她们经过转头看了一眼关闭着的巨响的门,然后回头继续往前走去!

"放开我!森格!够了!这该死的一切!"一个男人的声音从他们接下去所经过的另一间房里传出,而在这里面那个声音的主人被绑在监控屏幕前的座椅上,焦躁地想要挣脱那条将他捆绑的可恶尼龙绳。"她会死掉的!放开我!放开我!"只见他无可奈何地扭过头对着一旁看着他的男人竭力嘶吼着。这个看着他的男人外貌与他判若一人,他是森格。被绑在座椅上的是他双胞胎弟弟森。"我对你很失望!要是我们的父亲看见你这副模样,肯定也会失望透顶!为了一个女人你早就忘记你自己是谁!"森格毫无表情地看着森说。

"我从未忘记自己是谁,虽然他是我们的父亲,可他做的事不是一个慈祥伟大的父亲所做的,他从未让他国下的人们好过,他只有他眼中的权利阴谋和利益,你和他又有什么不同,而我们也只不过是他的私生子而已,除了他谁又知道了？你别忘了最后我们的母亲是怎样的死去!"

"不准你再提起!以后都不准再提起!"森格说着走过去狠狠地给了森一个耳光,然后面色严峻地看着监控屏。

"你不敢面对!是因为她是被像你可敬的父亲一样的人所杀死的,他们就是他曾经引以为傲的得意手下!哈哈……"

"我发誓!你再说此一个字!我就杀了她!"森格暴躁地几乎跳起来转过身对着他吼道!他们就像两头发了疯的狮子对着彼此!

"你和他们又有什么不同,你要杀了她?她和我们善良美丽的母亲多么的像!你再不放开我,她就快要死掉……"森看着屏幕里又一次用头撞向房门的玛雅苦笑着说着,他的样子几乎要哭了出来。

"如果你保证她离开这里,你和所有的一切回到她来之前的样子……"森格回头看了一眼屏幕里的玛雅对森说。

"我保证!"

爱与暴力

　　玛雅站在那里,几乎绝望地望着那个唯一可以让某人注意到她的监控眼,血从她的额角顺着脸庞往下滴落,眼泪像清明落个不停的雨。外面突然传来开门的声音,门向里推了进来,玛雅屏住呼吸,死死地盯住前方。他出现在她眼前,那个已经被她当作是"他"的"恶魔"的森出现在她眼前,她不知道这是否意味着她有希望了。

　　"玛雅……"森心疼地唤着她的名字向她走过来。

　　她看着他,听见他的呼唤,她心中涌出一股酸楚,她不敢确定她感觉到了最初相识那个温暖的他。

　　"那个冷血无情的他呢?"她看着眼前的人疑惑道。

　　"玛雅……"森来到她的面前,未等他再要继续唤她,她突然向一旁倒去。

　　"玛雅!"森迅速抱住她。

　　"求求你,放过苏菲他们……"玛雅被他抱住,虚弱地微微睁开眼看着他说。说完她又再一次晕了过去。

　　"对不起……"森轻轻吻了吻她脸颊的泪痕轻声地说。他将她小心翼翼地放在床上,然后细心地脱下自己的衬衣替她穿上。森

174

格站在门外看着这一切,默默地。

　　玛雅躺在森的大腿上,她的身上已被换上了一条白色布卡,额角也做了伤口处理,包扎的纱布在纱巾下显现一角。他们坐在一辆防弹悍马车里,开车的是那个长得像秃鹫一样的瘦高个,此时他们正在穿越这座小城然后欲要将玛雅送她去飞来的"W"城。森看了看玛雅还未苏醒的脸庞,思绪纠结地往车窗外望去。这一天这座沧桑的小城似乎与往常不太一样,大街上挤满了人来人往,几乎人人都穿了当地民族的习服,过往的车辆和牲畜使街道显得拥挤起来,街边的小店传来各种愉快的叫卖声,好像告示着今日什么特殊吉祥的好消息将降临此城,只可惜这一切却没有太阳的照耀,今日过多的是少见的热烘烘的大风,吹着女人们的面纱,吹着男人们的长袍和胡须,吹着那些所有轻佻的"舞者们",让他们把这个城市蒙上一层让人看不透的杂乱的灰色。森望着它们心里似乎变得愈加的迷蒙,他不知道当玛雅醒来该如何向她解释这一点。

　　"嘀……"一声故意拖长的刺耳汽车喇叭声响起,"咩咩……咩……"车前一位牵着一头山羊的老头回头看见高大的汽车,用力地拍了一掌受到惊吓的山羊,把它往路边赶去,其余的人也都急忙往路的两旁避去。

　　"你们要把我带去哪儿?"玛雅突然醒来看了看问道。

　　"玛雅,你醒了?"森回过头激动地看着她说。

　　"你从哪儿来就送你回哪儿。"瘦高儿看了一眼后视镜回答她说。

175

"闭嘴！"森用当地语严厉地对瘦高个警告道。

"不！我不回去，我要见苏菲他们……"玛雅转头看着森说。

"玛雅，你听我说。"森打断她说。

"求求你，放过他们，你想怎样都可以！"玛雅没等他说完，就双手抓住他的手臂情绪激动地乞求道。

"你听我说！"森略带强制的语气再一次打断她说！玛雅满怀希望地看着他的脸。

"我没有办法！我没有这个权利，这得由森格说了算，这些所有的事都太复杂，我不能和你讲，我救不了他们，我能做的就是只能让你回到你的国家，明白吗？"

"哼！不！我不会回去，森格是谁？你在骗我！你还是不肯放过他们！你以为你收起恶魔的样子，我就会对这副伪善的面孔上当受骗？"

"别这样，玛雅……我……"

"好，你就撒谎吧！那你告诉我森格是谁？"

"森格……他，他是我双胞胎的哥哥，我们的面貌几乎一模一样。"

"你骗我！"

"我没有骗你，你见过他……"

"我不信，你骗我！"玛雅哭着看着他的脸痛苦地说。森看着玛雅深吸一口气，然后双手拉着衣衫的下端，把它由下往上脱了下来，他的整个上身裸露在玛雅的眼前。玛雅讶异地看着他的左胸口靠肩的地方，那里光溜溜的，没有任何伤口甚至疤痕。她几乎不敢相信,回想起她拿着枪对着他那儿"嘣"的一声,"他"粗暴地强吻着撕扯她的衣服的画面让玛雅震惊到无以言语,她不知所措地用手抓着自己的嘴唇。

"啪——"突然玛雅一巴掌打在森的脸上,与此同时森看着她脸上扭曲着的复杂痛苦的表情显得不知所措。

"对不起……"森心疼地一把将她紧紧拥入怀里。

"混蛋……"玛雅任凭他抱在怀里,嘴里责怪地骂着,她想她必须暂时先把一些事忘了。

瘦高个瞟了一眼后视镜看着前方偷偷叹了一口气,车子左拐驶向一条更为宽敞的马路,两旁走路的人们一边动着嘴,一边和他们一样向着同一个方向匆忙地走着。

"如果不救苏菲,我发誓我不会苟活!"玛雅在他怀中斩钉截铁地说。

"嘀嘀嘀嘀……嘀……"前方一位想要横穿马路的老妇挡住了去路,见她慢慢吞吞的样子,瘦高个急得直按喇叭。

"该死的妇人,会不……"他还一边嘴里"哔叽"地骂着,突然"嘣!"的一声,他向着方向盘倒去。

"请过来帮我一把。"森一手把着方向盘,一手推着瘦高个对玛雅说。"你知道在哪儿吗?"

"跟着这些大部队人走肯定没错,那儿有一个大的聚会。"

车子曲曲折折地走着,玛雅心中感到莫名的复杂、感动、紧张、神秘、恐惧,几乎人生中所有的情绪刹那间全部汇集在一起。她尽量克制自己暂时不要去看森的那张脸。

"到了。"森说着把车开到马路的边缘上，停靠在一处电线杆下。玛雅两眼放直地望着前方不可思议的场景。眼下是一个差不多两万多平方米的广场，整齐地坐着成年男女，后面还有很多人在陆续赶来。

"他们会在其中吗？"玛雅回头看向森问道，不知道他什么时候也戴上了一条男人的头巾。

"也许吧，跟我走。"森拉着玛雅绕着人群往广场的左边走去。

他们要去的地方，就是广场的另一边，S城的政府机关，而这个广场被当地称为政府广场。一会儿将会从政府里出来两位重要的人物为大家讲话。在广场的周围布满了拿着 AK47 的新政府军，玛雅注意到他们警惕地监视着所能看见的人，但森并没有空去在意他们，他注意到人群里混着许多他见过的城堡里的人，他在心里忐忑地揣测着森格这次将会发起什么样的行动，如果他破坏了这次行动，森格，就是他亲爱的哥哥绝对不会放过他们任何人。而他一会儿也将看见他，在这里，他不能想象他那哥哥将会是什么样的表情。

"这样是很难找到他们的。"走了将近半圈，森望着密密麻麻的人说。

"现在怎么办？"玛雅也停下来，目光在人群中着急地搜索着。

"他们应该会出现在这里，我没猜错的话。"

"等等……是阿里？"玛雅把目光停在一个戴着头巾的人身上，刚刚他转脸过来，玛雅从他那惊恐悲伤的脸上一眼就认出来了。

"你确定？"森顺着她的方向望去。

"我肯定,我们去找他！"

"不,等等,不能去,你看见他身边的人了吗?那些我都见过,有一个是专门监视行动的,叫阿仆德的年轻人,阿里为什么没有和苏菲在一起? 却和他们混在这里面,事情远不止我知道的那么简单！"

森猜想着,他所知道的这次行动的目的是简单的,单纯的一次政治谋杀,就是那个所谓的总统发言人,可为什么……他不敢想象,看着这么多密集的人群。

"我们再去另一边看看,现在还有时间。"森对玛雅说。

接着他们原路返回假装若无其事地走向另一边,而此时在某一个地方,也就是广场前的政府机关内的会议室里,一位看不见脸的年轻女性在为两位尊贵的领导伺候着陈年威士忌,她低着头不敢看他们的脸,只顾着确保他们的酒杯斟满。

"欢迎你来到这里,库西瑞先生,这里的人们都在期盼我们新任总统先生能为我们带来福音。"

"当然,我们的战争已经结束了,只要我们这里的人们相信新政府能够为他们带来和平幸福的音信,他们将会过上梦寐以求的生活,不过这还都需要你的引领,不是吗?"

"哈哈哈……为了开放民主！ 干杯！"

"当然也为了赐予的富饶的土地干杯,这里是我们最引以自傲的神圣之地,它以后不只是为我们,也将会为全世界的人们带来方便,不是吗? 哈哈哈……"

"当然！干了这一杯,让我们共同见证这个美好的时刻！"

"当！当！"这个时候政府广场三点整的钟声已响起,森抬头看了看它。

"他们要出来了,苏菲不在这里,一会儿我们应该会看见她,我们从这儿穿过,不要让人注意,记住！离人群尽量保持一定距离！"森对玛雅叮嘱着。

玛雅听着森说话,心里的鼓不停地在敲打着,让她心慌不已,她毫无办法也只能听靠他了。这时她看见一个年长的瘦弱老人走上广场的前台,只见他弯腰低头地对着话筒说了几句,下面一片欢呼声！接着就看见两位大人物样子的人在新政府军的保护下慢慢地上了台,其中一位熟悉的样貌不得不让玛雅感到惊诧,她下意识地回头看了看身边的森,虽然他对他说了,可这样还是让她震惊,如此的相似,不分彼此！

"走吧……"森拉了拉玛雅说,他知道她在想什么。玛雅最后看了一眼台上的那个人,在他们的后面站满了军队里的人,她猜不透那个人为什么要那样做。玛雅跟在森的身后,森必须要尽快找个没有他认识的人的地方暂时隐蔽起来,免得引起人的注意。就在这时一个熟悉的身影出现在他的视线里。瘦高个正在往他们这个面跑来,肯定的是他还没有发现他们。森赶紧拉着玛雅随即往人群里钻去,玛雅正要询问他,他比划了手势示意保持安静。就这样他们混在了人群中。"嘣！——"一声震耳的爆炸声响起,也许一切都来不及了。紧接着是人们沸腾的尖叫声,饱含着惊恐无助。玛雅抬头看见人群像炸开了的锅,军人们拿着枪叫喊着往人群逼来,恐慌极速蔓延,爆炸是发生在阿里所在的地方,玛雅伤心地尖叫着感觉自己的心脏几乎快要停止了跳动,眼泪淋湿了她整张脸,人们在她身边推搡,拥挤着逃窜,森一边呼喊着她一边艰难地保护着她以免被慌乱的人群撞倒,而在爆炸的同一时刻,在人群的正中央靠近讲台的地方,乔装打扮的苏菲被一个人拿枪顶着后背,从苏菲痛苦的表情可以看出她备受煎熬,只见她两手抱着肚子,其中一只手放在长袍的里面,像是在随时准备着什么。爆炸声一响,那人迅速地把苏菲往前一推,他是要强制苏菲去做某些事情,幸运的是苏菲没有站稳脚跟,摔倒在地,而与此同时台上的军队警惕地拿着枪向台下扫射过来,一些无辜的人们相继倒下,估计那人肯定以为苏菲中了弹,只见他孤身向前冲去,向着正在被一些军人护着往台下撤退的总统发言人库西瑞先生,这个大人物过于惊吓的脸惨白如灰,他胆颤的被军人保护着,可惜这似乎没有什么用处,只见那个冲向他的人实在太过神速和坚硬了,在没有被众枪射到之下,他就像一支极速的弦上之箭一样"嗷"的一下射在他们的身上。

"嘣!——"第二次爆炸声紧接着响起!这一下已足以让所有人失去了理智。现场乱成了一锅粥,人们都想尽快逃离此地,而周围的军人则不允许任何人离开这里,他们用当地的语言大喊着:"站住!蹲下,保持镇静!"可没有几个人会听他们的话,受到极度惊吓的人不顾一切地往广场外跑去,他们不会想到这样只能让自己加速接近死亡。"嘟嘟嘟……"他们就那样轻松地在这枪声的欢呼声中倒了下去。而这一切画面在某一处隐秘的地方,那个神不知鬼不觉消失的大人物的眼中，像是在看一场打发时间的模拟战游戏，他单手拿着望远镜仔细观摩着自己的杰作，脸上没有任何的表情。

"苏菲！阿里！你们在哪儿？"这时玛雅也几乎失去了理智，她挣脱了森的手臂，扎入人堆里，往第一次爆炸的地方挤去。

"玛雅，回来……"森在后面大叫，乱窜的人阻隔在他们中间。

"苏菲！你在哪？阿里！阿撒冷！伊万！"玛雅欲要绝望地哭喊着，这时台上的军人突然向发了疯一般举着机枪向台下扫射起来，转回那边的人又都往广场出口的方向逃来。"啊！"玛雅被一位强壮的男人狠狠地撞倒在地，眼看黑压压的人群向她踏来，她惊慌地想要爬起来，这时一只有力的大手一把将她拽起来夹在腋下。

"森，我们必须找到他们！"玛雅靠着森的身体，一种莫名的恐惧简直要把她击倒，它们又想告诉她什么，玛雅想着，她憎恨、恐惧……

死亡，失去，玛雅感觉她看见的混乱的人们都变成了它们。

"我们会找到他们的……"森拉了拉欲要绝望的玛雅，尽力地给她一点信心。

"对，我们会找到他们！会的……苏菲！阿里！"玛雅像疯了一样嘶哑着喉咙大喊着她们的名字。森拽着玛雅，艰难地朝着初见阿里的方向走去。这时在靠讲台的地方苏菲和其他人一样抱着头往广场外的方向挤，她似乎隐约听见玛雅在唤她的名字。

"苏菲！"

"是他们,是玛雅和森。"苏菲想着突然觉得鼻子一阵酸楚。她此时真的好想他们,但过后却是满腹的担心。

　　"嗨!我在这里!"苏菲想要大声地回答他们,却难过到只能把它们咽在喉咙里。

　　"苏菲!阿里!"森再一次大声呼喊道,同时举起手臂用力挥舞着。

　　苏菲朝着声音的方向看去,她看见了那只长长的手臂。森和玛雅已经到了刚刚阿里待的地方,几具根本无法辨认的尸体残片被人们来回地践踏着。玛雅看着眼前的惨状,身边混乱不堪的人群,她突然觉得一切都无能为力,她那脆弱的小心脏无可救药地悲观起来:"森,那时我们应该带上阿里的,如果我们那样做了,也许,也许这一切都不会发生!"

　　"别傻了,这一切谁都阻止不了。"森在回答玛雅的话的同时忽然感到耻辱和难堪,他从未有过这样的感觉,他已经习惯了麻木,认为人与人之间的冲突就像自然中的灾害,必然将要发生的事是不可避免的,他失去了亲人,别人也会,所以他对任何事情不再在乎,不再关心,他就像森格的一个工具,而现在他看见眼前惊慌失措的人群,看见玛雅的眼泪,看见她比绝望还要无助的悲伤,似乎某种情感开始慢慢苏醒,他想他原本可以做一点什么,可他从未想过,自从那一天他就关闭了那些原本属于他的本性,他屏蔽了世上所有的爱,其实它一直都在那儿,只是他假装看不见,他应该去做点什么了,他想。

　　"这一切也许你可以阻止!"玛雅忽然冷漠地看着他,眼神里充满了无奈的埋怨,玛雅站在那里,此时她唯有想到乞求那些人们认为可以带来奇迹的神们,在这无能为力的时刻,她只能把希望寄托给所谓的命运,就是我们在绝望时期望可以得到救赎的信仰,我们想象中的力量。

"下一场雨吧!天啊!把这罪恶和混乱终止,洗净人们身上的邪恶,使他们灵魂中的善良得以苏醒,救救这些可怜无辜的人。"玛雅低着头停在那儿,十指紧握放在胸前,嘴里念念有词。

"玛雅,我们得离开这里。"森警惕地看了看周围的人群,大声地对着玛雅耳边喊道。

周围的军人们都在对着上空鸣枪,示意人们蹲下,他们逐渐穿过一层又一层顺从的人群,现场看起来似乎将要往好的方面发展,人们只能对拿着枪杆的军人们寄予希望,祈祷这一切尽早过去。

"玛雅!"这时苏菲突然从人群中挤了出来。

"苏菲!"森惊讶地唤着她的名字,玛雅像触电般反应过来,她抬起头激动地看着苏菲,喜极而泣地上前紧紧地抱住她。

"肯定是上天听见了……"玛雅嘴里喃喃着。

"玛雅,我担心阿里他们……"

"我看见他了,只是……"

"嗨!女孩们,我们得尽快离开这里!"

"嘟嘟……嘟嘟……嘟嘟……"就在森的话刚刚落音之际忽然一阵枪声急促地响起,只见前方不远处的几位军人相继倒下,紧接着"嘟嘟嘟嘟……嘟嘟……"

"小心！玛雅！"苏菲和森不约而同叫着向玛雅扑去。苏菲旋转至玛雅身后，将她护倒在地，森扑倒掩护在她们的身上。除了森没有人会想到短暂的平静将要迎来更加猛烈的暴乱，那些拿着枪的军人们为了自我保护，只能对着藏有暴徒的人堆里开枪，那些无辜的人们就这样成了他们之间的保护墙垒，倒下的人越来越多。紧追不放的军人，躲避逃窜的暴徒，在人群里上演着猫和老鼠的游戏，越来越多的军人都向发生枪火的地方集结，这时惊弓之鸟的人们管不了任何的事，纷纷趁机逃离这死亡的广场。森扶起苏菲和玛雅，随着惊慌的人群一起往广场外奔去。

　　"苏菲？你怎么了？"还未等跑出多远的距离，苏菲忽然栽倒在地，随后挤来的人群几乎都要往她的身上踏去，玛雅和森急忙将她扶起，只见她就像一瘫软了的泥巴一直往下掉。

　　"苏菲！你怎么了……不！不啊！……苏菲。"玛雅触摸到苏菲背上渗出的鲜血，痛苦地哭喊道，她好不容易才找到她。

　　"她中枪了……"

　　"别怕，你会没事的，森，快！救救她！救救她……"

　　森急忙抱起苏菲，这是第二次，玛雅看着他们心里想道，她会没事的，上一次森也是这样抱着她，玛雅听见内心发出的脆弱无助的嚎啕声，她恐惧这种感觉，害怕到不能呼吸，这种天生能准确预测不祥的预感。

　　"你们跟我来！"瘦高个不知从哪儿窜了出来对他们说道。森和玛雅都来不及猜想什么，现在的情况只能选择无理由地相信他。他把他们带到之前载他们的那辆车前，头顶上空不知何时飞来一只大鹰嘶哑着喉咙在空中盘旋,它也在哀嚎吧,玛雅悲伤地看了看它,她认识它,也许它一直跟随着苏菲。车子绕开大多数人群奔往的方向,扯着尖利的嗓音,像是叫嚣的警察大叫着:"让开!让开!"它装载着车上人的十万火急的心情驶出它最极限的速度,像一条灵活的水蛇绕过挡在它前面的任何障碍!

苏菲紧闭着眼睛,像是睡着了一般平躺在森的大腿上,她的头枕在玛雅的腿上,玛雅像上次一样轻抚着她高鼓的额头,心里轻轻地唤着她的名字,她把她的小木牌放在她的手心,她希望她会像上次一般醒过来去小湖边找她。她已经把一湖的水几乎都带了过来,它们变成了泪水下得不停,滴在苏菲的脸上顺着脸颊往两旁流去,变成了她的泪水。她背上的伤口还在森的两腿之间不住地淌着鲜血,浸透森手里握着的纱巾,往下"滴滴答答"地发出痛苦地呻吟。前方的路曲折的没有尽头,没有人开口说一句话,仿佛只要嘴里发出一点声音都会将要捅破这痛苦的围墙,悲伤的痛积压成了洪水猛兽。

"苏菲,苏菲,苏菲……"苏菲发现自己躺在一个四周空寂无边的黑暗中,上方"滴滴答答"的水滴落在她的脸上,她从未感到如此疲惫,抑制不住的睡意排山倒海向她袭来,可是她隐隐约约听见玛雅在温柔地呼唤着她,她努力抵抗着难以摆脱的睡意,挣扎着辨别声音的来源,可是太黑了,她只能靠着感觉去寻找那熟悉的呼唤声。她卯足全身所有力气挣扎着站起来向着她感觉到的那个方向冲去。

"嘣!"她一头撞破黑暗的一边!眼前出现一丝光亮,渐渐清晰的熟悉面容。玛雅见她醒了过来，眼前忽然迸发出一丝光亮，那一秒她仿佛看见了一渺希望，不过那只不过是一闪而过，带着那仅有的一丝光亮一起消逝得无影无踪。她的眼里映出苏菲那虚弱的就像一盏快要被狂风打灭的油灯，艰难却无助。玛雅迅速收起心里那几乎可以瞬间崩溃的脆弱，她不能让苏菲看见，她假装一切都会没事温柔地望着她。苏菲给了她安慰地一笑，依然屹立着坚韧，艰难地支撑着最后一口气，她缓慢地回头看了一眼森有所思地问道："爱真的存在吗？"

"我想你认为他存在，他就在你的心里！"玛雅想了想替森回答道。

"也许没有人知道他真正是谁？"

"我想也许，他就是我们心里的爱，我们爱的力量，我们爱的信念，存在于我们每个人的心里，他的名字只是我们给他的一个符号，当我们看不见他，我们需要他，我们只要相信他，感觉到他，他就在那，他是我们爱的信仰！"

"玛雅，他能原谅我们吗？为我们所做的那些愚昧和残忍的事！"

"傻女孩，他不会责怪你，你那么善良……"

"可是我却什么都没做，不是吗？森先生？如果你也有爱，你也会感觉到他，他会给你力量，有很多坏的事都将会停止，是吗？"

"你其实也是一个好人，森先生，我们都将会是一个有爱的人，如果我们想。伊万他们是无辜的，他们还很小，很脆弱……"苏菲继续艰难地说道。

"我保证,不会再有人伤害到他们,我想告诉你,你在我心里一直就像我的妹妹。"

"谢谢你……"

"玛雅,我累了……"苏菲看着玛雅强忍着痛苦努力地露出一丝微笑,为了不要让她那么难过,而玛雅心里却一阵刺痛。

她知道,却又不想知道为什么,她总不敢面对她那该死的预感。苏菲吃力地把小木牌放入玛雅的手心。"玛雅。带着它,带上我,去看萤火虫,好吗……"玛雅望着她悲伤到说不出话来,她失声地呜咽着,她有好多好多话想跟她讲,她要等她康复之后,虽然她知道她这是骗自己的:"玛雅……"

"我在……"玛雅感到只要她一说话她就几乎要难过到崩溃,她的眼泪似乎总也流不尽。

"你找到它了吗?我想我找到了,你过来,我想告诉你……"苏菲挣扎着将要闭上的眼睛,泪水在她眼眶里强忍,她游离地用食指指向自己的心口。

"萤火虫,萤火虫,没有烦恼,没有忧愁,在星空下舞蹈……"苏菲半闭着眼睛,艰难地用极其微弱的嗓音含糊地哼着那首自编的歌曲,玛雅泣不成声地和着她。

"萤火虫,萤火虫,没有烦恼,没有忧愁,在星空下舞蹈……"

车子开到小湖外的进口处停了下来,苏菲的声音越来越细越来越轻,她真的累了,没有了一点力气,一只手从身上滑落下来。

"萤火虫,萤火虫,没有烦恼,没有忧愁,在星空下舞蹈……愿我们的爱保佑你们,我亲爱的亲人玛雅,我亲爱的朋友,保佑善良人们,给他们和平幸福的生活……"这是苏菲最后一刻的祈祷,她安详地闭上了眼睛,两行泪水从眼角处滑落,亲密地与玛雅的泪水拥抱在一起,它们将要把这片荒漠灌溉。大鹰在上空盘旋着猛烈拍打着翅膀,发出一声尖锐凄凉的哀鸣声,企图将这压抑的悲伤无情地刺破。玛雅说不出话来,她甚至突然连哭泣的声音都无法发出,她张着嘴想唤她的名字,可是她只能张着嘴,她看了看森,再看了看不知什么时候下了车打开后车门站在那里的瘦高个。她全身颤抖着,她不知道该怎么办!这种失去的疼痛仿佛找不到出口,她越过他的视线望向一片贫瘠的荒漠,在这里曾经她是多么充满活力地骑着那辆老式摩托车载着她穿越而过,她像一颗荒漠里坚韧不拔的仙人掌,无论经历多么恶劣的天气,而如今……这本应青春的年华,却在不久的某天和着这无际的黄沙一起消逝于尘埃,而如今……只有这遗留的爱才能存活下来,依靠我们心中仅存的回忆。活着的人还要继续往前走,玛雅憋着这无法承受的悲伤俯身吻了吻她的脸颊,除了悲痛,她还有很多事要去做,那些也是苏菲放心不下的事,虽然她没有说。她不能戳破这痛苦,就像它的破碎会直接刺破苏菲遗留下来的爱,她要将它们全部咽下肚里。森和瘦高个也轮流亲吻了她的额头,就在这时天空忽然一阵雷鸣闪电,接着豆粒般的雨点猛烈扑打而下。此时在另一头的广场,人们相互残杀的游戏也许已经结束了……

上天啊!这雨大的啊,它仿佛想要将人们卑劣无情的罪行洗净。可是人类难以改变他们的恶性,他们与生俱来潜在的卑陋循环了多少个世纪!却依然恶习难改。也许到最后是人类本身自我的战争，那需要多么强大的爱才能打败人类本身自我的劣质本性！森小心翼翼打开苏菲的长袍，露出腰间捆绑的即性炸弹，可他仔细一看，上面的连接线其实都已被剪断，森将它拆卸下来，一张折好的纸条随之从袍内的口袋里滑落出来。玛雅将它拾起，她认得这张画有萤火虫的纸张。森掏出手枪上了膛，一手提着炸弹，一手拿着手枪下了车，玛雅看着他离去的背影，她没有阻止，他要去做他应该做的事，也许那样对他实在太过残忍，可是我们都能怎么样呢？我们都在希望和失望，选择和放弃之间彷徨，可是到最后，总会有最后……

结束是新的开始

"命运的道路上总是千变万化的,我们只能在路上一直走下去,去承受它所给予的一切,如果你曾用心去体会,每走过一段路程,都会留下不同的收获,在你的心里遗留深奥而又神秘的智慧。人类的精神,是一条没有尽头的河流,那些苦难是一颗颗沉淀的沙石,或大或小,我们的爱是涓涓不息的流水。而在这片天空下,是你们重新疏通了我生命的河流,在以后的路上不是我一个人孤独的旅途,我知道那里有你,有爱,有希望。此时过去已变得简单,事实那样的绝望已不是绝望,当我们离开,有了新的开始,我们有自己的能力,用新的时间治愈旧的伤口,而且我们会发现,当我们用爱治疗别人时,我们同时也治疗了自己,而我们也将意识到结束是新的开始。"这是玛雅在离开这里写下的最后一段话。